은혜 상단 막내아들

은해상단 막내아들 4

초판 1쇄 발행 2023년 9월 25일

지은이 ｜ 향란
발행인 ｜ 최원영
편집장 ｜ 이호준
편집 ｜ 송영규 최종건 정재웅 양동훈 곽원호 조정범 강준석 김시언
편집디자인 ｜ 한방울
영업 ｜ 김민원

펴낸곳 ｜ ㈜ 디앤씨미디어
등록 ｜ 2002년 4월 25일 제20-260호
주소 ｜ 서울시 구로구 디지털로 26길 111 JnK디지털타워 503호
전화 ｜ 02-333-2513(대표)
팩시밀리 ｜ 02-333-2514
E-mail ｜ papy_dnc@dncmedia.co.kr
블로그 ｜ blog.naver.com/gnpdl7

ISBN 979-11-364-4730-2 04810
ISBN 979-11-364-4602-2 (SET)

※ 저자와 협의하여 인지는 붙이지 않습니다.
※ 이 책은 ㈜ 디앤씨미디어(파피루스)가 저작권자와의 계약에 따라 발행한 것으로 본사와 저자의 허락 없이는 어떠한 형태나 수단으로도 내용을 이용할 수 없습니다.

4

향란 신무협 장편소설
PAPYRUS ORIENTAL FANTASY

은해상단 막내아들

PAPYRUS
파피루스

17장. 소단주가 되다 ·················· 7

18장. 월하노인 ························ 65

19장. 섬서갈(陝西蠍) ············· 121

20장. 복시령과(復始靈菓) ······ 221

21장. 고모님을 위하여 ············ 283

17장. 소단죽가 되다

소단주가 되다

어느덧 상단의 본단이 보였다.
그걸 가리키며 석일송에게 물었다.
"저기 앞에 보여?"
"네, 무척 큰 건물이 있습니다."
"저기가 은해상단이야. 네가 앞으로 지낼 곳이자, 일하게 될 곳이지."
"굉장합니다."
석일송은 크게 감탄했다.
그리고 눈을 반짝이며 말했다.
"이런 저라도 도움이 된다면 열심히 하겠습니다."
그 모습에 아버지는 흡족한 표정으로 고개를 끄덕이셨다.

석일송을 데려다가 일을 시키겠다는 내 말에, 아버지는 우려를 표하셨다.

측은지심을 남발하는 것이 아닌가 하는 우려였다.

하지만 나는 단호하게 말했다.

"아버지, 저도 상단의 사람입니다."

내 말에 아버지는 석일송을 시험하셨고, 함께 가는 것을 허락하셨다.

아버지라면 인재를 알아보실 줄 알았다.

사실 측은지심은 상인에게 가장 경계해야 할 마음 중 하나이다.

불쌍해서 대금 일자를 미뤄 주고, 불쌍해서 납품 기일이 늦어지는 것을 봐주는 일이 잦아지면 결국 망하는 건 본인이니까.

그렇다고 아예 측은지심을 없애라는 건 아니다.

인간이 가진 마음 중 하나인데, 그걸 없앤다는 건 인간성을 없애라는 것과 진배없으니까.

다만, 경계해야 한다는 것이다.

우리가 탄 마차는 금세 은해상단에 도착했다.

우리는 마차에서 내려 상단 안으로 들어갔다.

"오셨습니까?"

우리가 온다는 소식을 들었는지 유 총관을 비롯하여 상

단의 모든 중진들이 마중을 나와 있었다.

"왜들 이렇게 나와 있나?"

아버지의 말에 상유각 연 각주가 말했다.

"북경에서 큰 성과를 보고 오셨는데, 당연히 환영해 드려야지요."

"쪽박 차고 왔으면 환영하지 않을 생각이었나?"

"네."

"허……."

"농담이에요. 호호호."

연 각주가 말을 이었다.

"가족분들께서는 후원 쪽에서 기다리고 계십니다. 그런데 이 아이는……?"

연 각주가 석일송을 보며 묻자 내가 대답했다.

"이 아이의 이름은 석일송. 올해 열셋입니다. 재경각에 두고 쓸 예정입니다."

내 말에 유 총관이 의아한 표정으로 물었다.

"재경각에 말씀입니까?"

"네."

"왜 재경……."

나는 얼른 유 총관의 말을 가로챘다.

"유 총관님, 제가 유 총관님을 실망시킨 적 있습니까?"

"……."

잠시 생각하던 유 총관이 대답했다.

"없습니다."

"그러니까 절 믿고 데려다가 쓰세요. 나중에 저를 볼 때마다 감사하다고 할 겁니다."

"도련…… 아니, 소단주님께서 그리 말씀하시니 알겠습니다."

나는 유 총관에게 석일송을 인계하고, 후원으로 향했다. 가족들을 볼 시간이다.

* * *

그 시각, 북경.

사람들은 방금 금군들이 붙인 방을 보고 있었다.

그 내용은 황제의 명을 받고 움직이던 진우림 상단주를 습격한 동씨상단의 모든 이들이 추포되었으니, 더 이상의 추격을 멈추겠다는 것이다.

그리고 이에 연루된 자들은 앞으로 경거망동하지 않기를 바란다고 했다.

그 사람들 사이에 죽립을 쓴 한 남자가 있었다.

"다행입니다, 어르신."

옆에 있던 남자의 말에 그는 고개를 끄덕였다.

"이제 마음 놓고 집으로 돌아가도 되겠구나."

"네."

그들은 동씨상단주의 둘째 아들 동우역을 모시던 행수

와 그 휘하의 사람이었다.

"은 공자가 약속을 지켰구나."

"네, 그렇습니다."

은서호는 약속을 지켰다.

솔직히 그는 은서호가 약속을 지킬 거라고는 확신하지 못했다.

무려 황제를 움직여야 하는 일이었으니까.

그래도 믿을 게 그것밖에 없었기에 실낱같은 희망을 가지고 도주했다.

그리고 역으로 북경으로 숨어들었다.

그 누가 범죄를 저지르고 북경으로 올까 하는 심리를 이용한 것이다.

이제 황제의 성지가 담긴 방이 내걸리며 그의 도주 생활은 끝이 난 것이다.

"행수님께서는 앞으로 뭘 하실 생각이십니까?"

그 물음에 행수가 쓰게 웃으며 답했다.

"평생 장사를 해 오던 놈이 뭘 하겠나? 밑천도 조금은 있으니 다시 장사를 시작해 봐야지."

"저도 따라가겠습니다."

"자네는 왜?"

"저도 장사밖에 배운 게 없어서 말입니다. 그리고 행수님과 함께하면 쪽박은 차지 않을 것 같아서 말입니다."

"칭찬인가?"

"칭찬입니다."
"좋네, 그럼 가세나. 그런데 고생은 좀 할 걸세."
"후회해도 제 팔자려니 하겠습니다."
그렇게 그들은 북경을 떠났다.

.

.

.

그리고 진우림 상단주의 저택 앞.
한 남자가 망연자실한 표정으로 문지기의 말을 듣고 있었다.
"그게…… 정말이오?"
"네, 그렇습니다."
그 남자는 사천당가의 전령으로, 은서호를 찾아 은해상단에 갔다가 북경으로 갔다는 말을 들었다. 하여 사천당가로 돌아가 보고를 한 후 다시 북경으로 향했고, 지금 막 도착한 것이다.
그런데 은서호 일행은 열흘 전에 이미 호북성으로 돌아갔다는 말을 들은 것이다.
할 수 없이 이대로 발길을 되돌릴 수밖에 없었다.
사천당가의 전령은 한숨을 내쉬며 중얼거렸다.
"아, 우리 가주님, 은혜 갚는 게 왜 이렇게 힘드시냐."
허탈해진 전령이었다.

＊　＊　＊

　은해상단은 분주했다.
　북경행으로 인해 미뤄졌던 나의 소단주 공표식 준비 때문이다.
　오늘도 나는 아침 일찍 수련을 했다.
　나를 보며 사부님은 고개를 끄덕이셨다.
　"배우는 게 무척 빠르십니다. 조만간 제삼식으로 넘어가도 될 듯합니다."
　"그거 기쁘네요."
　내 말에 사부님이 말씀하셨다.
　"그런데 도련님께서는 왜 진도를 빠르게 나가자고 조르지 않으십니까?"
　"네?"
　"솔직히 진설십이식검법(眞雪十二式劍法)은 다른 검법에 비해서 진도가 좀 느린 것이 사실입니다. 하여 이 검법을 배울 때면 진도가 느리다고 불만을 제기하곤 합니다. 하지만."
　사부님은 나를 보며 말을 이으셨다.
　"도련님께서는 그리하지 않으셔서 말입니다."
　그 물음에 나는 뺨을 긁적였다.
　사실 이전 생에서 나는 내 호위무사이자 사부님의 둘째

아들인 곽준하 무사에게 이에 대해 들은 적이 있었다.

"솔직히 저희 가문의 검법이 배우기에 좀 답답하긴 하죠. 하지만 그렇다고 해서 서두르다가는 탈이 납니다."
"탈이 난다고?"
"네. 저희 가문의 심법으로 쌓이는 내공은 강력합니다. 그도 그럴 것이 극음의 기운을 모으는 것이니까요."
"그건 그렇지."
"그 말인즉, 그 강력한 내공을 심법으로만 다스릴 수 없어서 진설십이식검법이 만들어진 것인데, 아무래도 강력한 내공을 다스리려다 보니 진도가 좀 느립니다."
"그러니까 검법을 천천히, 차근차근 익히지 않으면 그 내공을 다스릴 수 없다는 거구나."
"네. 오히려 내공이 반발하면서 크게 다치게 되는 겁니다. 혈맥이 얼어 터지는 건 차라리 낫죠. 심한 경우 온몸이 얼어 터져 버립니다."
"정말?"
"네, 정말입니다."

그래서 딱히 묻지 않은 것이다.
그리고 이번 생에서도 스승님은 스승님이다.
제자에게 해가 될 일은 하지 않을 것임을 알기에 믿고 맡기기도 했고 말이다.

그런데 그런 내 행동이 사부님께 의문이라는 것이 좀 당혹스러웠다.

질문을 했어야 하는 건가?

하지만 쓸데없는 질문은 하지 않는 편이라서 말이지.

곽준하 무사에게 들었던 이야기는 할 수 없었으니, 남은 이유는 한 가지뿐이다.

"그냥, 사부님을 믿었을 뿐입니다."

"저를 말입니까?"

"네. 사부님께서는 제자의 성취를 바라시지 않습니까? 그러니 사부님을 믿고 따를 뿐이지요."

내 대답에 사부님은 아무 말 없이 나를 바라보았다.

"왜 그러십니까?"

"도련님께서는 저를 감동하게 하시는군요."

"이런 걸로 감동하시면 어떡합니까?"

"앞으로 더욱 성심을 다해서 지도하겠습니다. 그러니 오늘부터 수련 시간을 반 시진 더 늘리겠습니다. 반 시진 더 일찍 기상하시면 됩니다."

네?

그건 아니잖습니까?

"제가 알려 드린 검로 기억하시죠? 다시 해 보겠습니다."

그 순간, 나는 보았다.

어?

사부님께서 웃고 계시는 것을.
　지난 삶과 이번 삶을 통틀어 처음 보는 사부님의 웃음이었다.
　우리 사부님도 웃을 수 있는 분이셨구나.

．

．

．

　그날 오후.
　나는 은룡전으로 향했다.
　세풍각의 적병철 각주의 호출을 받았기 때문이다.
　은룡전 앞에서 반각 정도 기다리고 있으니 적 각주가 자신의 부관과 함께 나에게 다가왔다.
　"적 각주님을 뵙습니다."
　"소단주님을 뵙습니다."
　"아직 정식으로는 아닙니다."
　"이제 곧 정식으로 소단주가 되실 건데, 호칭이 일러서 나쁠 건 없지요. 허허허."
　적 각주는 사람 좋은 웃음을 지으셨다.
　"그럼 갑시다. 별당으로 안내해 드리겠습니다."
　"네?"
　"소단주가 되시면 별당이 주어집니다."
　내가 이걸 잊고 있었다니!
　소단주가 되면 개인 별당이 주어진다. 상단의 독립된

구성원으로서 인정받는다는 의미인 것이다.

그리고 세풍각주가 직접 소단주에게 별당을 안내해 주는 건 은해상단의 오랜 전통이다.

나는 적 각주의 뒤를 따라 익숙한 길을 걸었다.

내가 소단주가 되었을 때 받았던 별당으로 가는 길이었기 때문이다.

처음 지금의 삶으로 돌아왔을 때 이쪽으로 가려고 했었지.

그때를 생각하자 감회가 새로웠다.

벌써 구 개월이나 지났고 많은 것을 이루었다.

하지만 아직 부족하다.

나에게는 백천상단과 무림맹에게 복수한다는 목표가 있었으니까.

그리고 은해상단을 천하제일 상단으로 만들어야 했다.

곧 별당에 도착했다.

오랜만에 내가 살던 별당을 보니 미소가 절로 흘러나왔다.

"좋으시죠?"

적 각주의 물음에 나는 고개를 끄덕였다.

"네, 좋습니다. 드디어 상단에 보탬이 되는 인물이라 인정받은 기분이라서 좋습니다."

내 말에 적 각주가 말했다.

"그런 말씀 마십시오. 이미 재경각에서 실무를 시작하

셨을 때부터 저희는 소단주님을 눈여겨보고 있었습니다."

"하하하, 그런가요?"

적 각주의 말에 옆의 부관이 별당의 구조에 대해 하나하나 설명해 주었다.

별당은 내 처소와 시종과 하인 하녀의 처소, 호위무사의 처소, 창고, 부엌 등등으로 이루어져 있었다.

별당에서 지낸다고 해도 아침 식사는 가족이 모두 모여서 한다.

하지만 간혹 따로 먹을 때도 있으니 부엌이 필요한 것이다.

그리고 하인과 하녀 그리고 시종이 먹을 음식도 이곳에서 직접 해 먹어야 했으니까.

"앞으로 별당에서 부리실 하인과 하녀입니다."

나는 내 전속 하인과 하녀를 소개받았다.

하인의 이름은 경삼(庚三)이라 했고, 하녀의 이름은 영영(榮榮)이었다.

이번 삶에서도 이들과 함께하게 되었구나.

"오늘부터 이곳으로 옮기셔도 됩니다."

"알겠습니다."

"그리고 별당의 적당한 이름을 지어 주시면 그대로 반영하겠습니다."

"네."

별당은 그 주인이 정한 이름을 사용한다.

별당의 이름을 부름으로써 그 주인을 지칭하기도 하는데, 정호 형 별당의 이름은 조부님께서 지어 주셨다.
상단의 큰 인재가 되라는 의미에서 거량(巨梁)이라는 이름을 지어 주셨다.
하여 거량당은 정호 형을 지칭하는 것이기도 했다.
"그럼 저는 이만 가 보겠습니다."
"네, 살펴 가십시오."
적 각주와 그 부관이 내 별당에서 나가고, 나는 다시 별당을 둘러보았다.
"흐미! 드디어 우리 도련님께서도 별당을 받으셨습니다요! 감격입니다요!"
팔갑의 말에 나는 하하 웃었다.
"그러네."
"기쁜 건 기쁘다고 하셔도 되는 겁니다요! 그럼 오늘부터 이사를 시작하겠습니다요!"
팔갑은 이전 삶과 마찬가지로 무척 기뻐했다.

나는 다시 내 처소로 돌아왔다.
그러자 이번에는 외총관의 전언을 가지고 온 부관이 나를 기다리고 있었다.
"소단주님, 외총관님께서 찾으십니다."
별당을 받은 지금, 나는 외총관이 나를 왜 찾는지 알 것 같았다.

잠시 후, 나는 고 외총관의 집무실에 도착했다.

"오셨습니까?"

"네, 부르셔서 왔습니다."

"제가 소단주님을 부른 이유는 이제 소단주가 되셨으니 호위무사를 선택하셔야 하기 때문입니다."

내 예상대로다.

소단주가 되면 이제 독립적으로 다녀야 할 일이 많아서 개인 호위무사가 필요했다.

보통은 소단주가 되기 전에 호위무사를 점찍어 놓는 편이다.

정호 형의 호위무사인 전우진 무사처럼 말이다.

나는 이례적으로 빠른 속도로 소단주가 되었기에 아직 점 찍어 놓은 호위무사가 없다.

"소단주 공표식이 삼 일 뒤이니 내일까지는 선택하셔서 저에게 알려 주십시오."

"알겠습니다."

나는 대답을 하고 집무실에서 나왔다. 안에서 외총관의 목소리가 들렸다.

"에잉, 아직도 처리할 게 남았어?"

"이것도 처리하셔야 합니다."

고 외총관의 투덜거리는 소리를 들으며 팔갑에게 말했다.

"우리 연무장으로 가자."

"알겠습니다요."

연무장으로 향하며 나는 내가 이전 삶에서 선택했던 호위무사들을 떠올렸다.

나름 검과 창을 잘 쓰는 이들이었다.

하지만 나는 그들을 선택하지 않을 것이다.

내가 처음 선택했던 호위무사들은 엄밀히 말해서 내가 선택한 이들은 아니다.

외총관에게 부탁해서 선택했던 자들이니까.

하지만 그들은 결국 나를 배신했다.

아니, 배신은 아니다.

처음부터 나를 주군으로 섬기지 않았으니 배신은 아니지.

그들은 경쟁 상단에서 집어넣은 자들이었고, 그들로 인해 내가 진행하던 사업은 손해를 봤다.

금방 만회하긴 했지만, 그 이유를 알아보니 내 호위무사들이 쥐새끼였다.

뒤늦게 이를 알게 된 외총관은 내게 무척이나 미안해했었다.

이번에는 그런 일은 없을 것이다.

나는 곧 연무장에 도착했다.

내가 이곳에 온 이유는 마음에 둔 무사들이 있기 때문이다.

사천에 갈 때 함께했던 여응암 무사와 이필 무사였다.

제법 합이 괜찮았고 실력도 나쁘지 않았으며 상황 판단도 좋았다.

그리고 내가 경험했던 미래에 비추어 봤을 때 별다른 사고를 일으키지도 않았다.

가장 중요한 건, 입이 무겁다는 것이다.

사천성에서 단씨상단의 쥐새끼였던 영포 행수와 단씨상단주의 사이를 이간질했을 때 슬쩍한 금덩이, 그건 아직 나에게 있다.

그들은 그걸 알고 있음에도 그 누구에게도 입 한 번 뻥긋하지 않았다.

그것만으로도 이미 합격이다.

내가 앞으로 해야 할 일은 보안 유지가 아주 중요했기 때문이다.

지금은 여응암 무사와 이필 무사가 속해 있는 이 조와 일 조의 훈련 시간이다.

아까 외총관을 만날 때 팔갑을 통해서 알아봤다.

단상 위에는 윤충진 부대주가 서서 무사들을 훈련시키고 있었다.

"그동안 내가 설렁설렁했다고 기합이 빠진 것 같은데, 오늘 확실하게 다시 다져 주지!"

윤충진 부대주의 기세는 마치 서릿발 같았다.

아무래도 이번에 북경으로 향하던 도중 폭천뢰로 인해

아버지와 정호 형, 그리고 내가 큰일을 당할 뻔한 것 때문에 열이 뻗친 듯했다.

나는 부대주의 호령에 흙투성이가 되어 이리저리 구르는 무사들을 보고서, 피식 웃었다.

무사들은 정말 눈에 독기를 가득 담아 훈련을 하고 있었다.

이따가 고기랑 술이라도 좀 돌려야겠네.

나는 팔갑에게 말했다.

"되도록 기척을 내지 마. 몰래 저들을 지켜보고 싶거든."

"알겠습니다요."

내 말에 팔갑은 고개를 끄덕였다. 그 순간 팔갑의 존재감이 사라졌다.

어라? 뭐지?

그러고 보니 이런 경우가 처음은 아니었다.

흑주방의 오대득 방주를 처리할 때도 팔갑의 기척이 전혀 느껴지지 않았었으니까.

문득 이전 삶에서 들었던 이야기가 떠올랐다.

기척을 감추고자 하면 환경이 그 기척을 숨겨 주는 능력을 타고나는 자들이 있다고 했다.

그것이 암살자의 왕인 살왕(殺王)의 자질이라고 했다.

처음 그 이야기를 들을 때만 해도 허풍이 심하다고 생각했었다.

그런데 허풍이 아니었다.

진짜 그런 능력을 타고나는 자가 있었던 것이다.

그런 자가 내 시종으로 있다니……!

이전 삶에서 그걸 전혀 몰랐다는 사실이 참 놀라울 정도였다.

"어? 왜 그러십니까요?"

내 표정이 이상했는지, 순간 팔갑의 기척이 다시 느껴졌다.

그러고는 두 눈을 끔벅거렸다.

그걸 보며 나는 피식 웃었다.

살왕의 재능을 타고났어도, 팔갑은 팔갑이다.

내가 가장 신뢰하는 내 시종이다.

"아무것도 아니야. 잠시 뭔가 생각나서 그래. 가만히 지켜보자."

"알겠습니다요."

팔갑의 기척은 다시 사라졌고, 나 역시 기척을 감추고 훈련하는 저들을 지켜보았다.

훈련이 끝나고, 잠시 휴식 시간이 되었다.

내 계획은 이러했다.

최대한 멋있게 저들에게 다가간다.

그리고 최대한 멋있는 목소리로 "여응암 무사, 이필 무사, 나와 함께 합시다."라고 하는 것이다.

내가 직접 이곳에 와서 그들을 지명했다는 것에 자긍심

을 느끼도록 해 주고 싶었다.

이왕 내 사람이 될 거라면 처음부터 확실하게 챙겨야 하는 법이다.

동시에 저들의 노고를 위로해서 감동도 좀 주고.

그런데 상황이 이상하게 흘러갔다.

"후우, 대체 이게 무슨 일이야."

한 무사가 땀을 닦으며 말했다.

"그러니까 이게 전부 그 서호 도련님이 그 진우림 상단 주인가 하는 사람을 구하면서 생긴 일이잖아."

"왜 그렇게 되는데?"

"서호 도련님이 진 상단주를 구하는 바람에 흉수가 누군지 드러났고, 그래서 그 흉수인 동씨상단이 작살나면서 둘째 아들인가가 앙심을 품고 습격하여 폭천뢰를 터트린 거잖아. 그래서 부대주가 열 받은 거고."

"아, 그런 거야?"

"서호 도련님이 가만히 있었으면 우리가 이렇게 힘들게 훈련을 받을 일도 없잖아."

그 말에 나는 뭔가 씁쓸해졌다.

사실 나도 일이 그렇게 될 줄은 몰랐다.

그로 인해 아버지와 형, 그리고 내가 죽을 뻔했다. 그런데 그 피해는 저들도 받게 된 것이다.

이게 내가 바꾼 미래에 대한 대가일지도 모르지.

그 대가를 내가 치르는 것에 대해서는 불만이 없다.

하지만 그 말을 들으니 그 대가를 다른 이들이 치르게 하는 것에 대해 망설여졌다.

지금은 고작 지옥 훈련이었지만, 만약의 경우 그 대가가 목숨일 수도 있었으니까.

아버지와 정호 형이 죽을 뻔했던 것처럼.

그때였다.

"거기, 좀 닥치지?"

낯익은 목소리.

여응암 무사의 목소리였다.

"뭐가 서호 도련님 때문이야? 호칭부터 똑바로 하지? 은서호 도련님이 아니라 은서호 소단주님이다."

"아직 정식으로 소단주가 된 건……."

"이미 은월각의 모든 분이 인정한 것을 네가 뭐라고 딴지를 거는 거냐?"

"그, 그건……."

"그리고 서호 소단주님 때문이라고? 이런 빌어먹을 새끼! 나쁜 건 동씨상단의 개잡놈이지 왜 소단주님이냐?"

"그렇지. 소단주님이 나쁜 건 아니지."

"그 새끼 때문에 소단주님이 죽을 뻔했잖아."

그때 이필 무사가 말했다.

"아까 소단주님이 가만히 있었어야 했다고 하셨죠? 제정신입니까? 자고로 검을 휘두르는 자라면 협을 행해야 합니다. 소단주님은 그 협을 행했을 뿐입니다. 그런데 그런 비난을 들어야 한다니! 대체 당신의 협은 무엇입니까?"

"이 새끼 이거! 안 되겠네!"

"내가 너랑 같은 조원이라니! 부끄럽다!"

"우리가 훈련을 제대로 안 했기 때문에 그런 일이 생긴 거지!"

"우리가 똑바로 했어 봐! 그런 일이 생겼겠어? 항상 위험에 노출된 분들인 거 알면서!"

"이런 놈은 당장 퇴출해야 해!"

"암!"

"하, 하지만 그러다가 죽으면?"

"죽으면 죽는 거지! 칼밥 먹고 사는 놈이 항상 죽음을 끼고 사는 건 당연한 거 아니야?"

"그러다 죽으면 상단을 위해 죽는 거니 영광된 죽음이지, 뭐."

"뭘 그리 복잡하게 생각해?"

내가 감동을 주려고 했는데, 내가 오히려 감동했다.

고마웠다.

이런 상황에서 저들 앞에 나설 수는 없었다. 결코, 내 눈시울이 붉어져서 그런 건 아니다.

저 무사들이 부끄러울까 봐 그러는 거다.

"이만 돌아가자."

직접 고르는 대신 외총관에게 따로 언질을 주어서 두

호위무사를 데리고 오는 것으로 생각을 바꾸었다.

솔직히 내가 은해상단의 미래를 바꾸기로 한 이상, 수반된 많은 것이 바뀔 것이다.

하지만 이왕 내디딘 걸음이다.

내가 약속할 수 있는 건, 최대한 피해가 가지 않도록 하는 것과 영광된 미래이다.

"음?"

내 처소로 향할 때 다음 훈련 순번인지 사 조와 오 조가 연무장으로 오고 있었다.

그때 내 눈에 띈 무사들이 있었다.

저들이 이미 은풍대에 있었구나.

하긴, 지금부터 은풍대에 몸담고 있었으니 내가 소단주가 되었을 때 외총관이 내 호위로 추천할 수 있었던 거겠지.

저들을 어떻게 하면 좋을까 고민하던 나는 씩 웃었다.

이왕 내 손에 들어왔는데, 그냥 쫓아내는 건 아까운 일이다.

이리저리 잘 굴려서 써먹어야지.

아…….

울다가 웃으면 엉덩이에 뿔 난다고 하던데.

.
.
.

잠시 후.

나는 외총관에게 가서 내 호위로 낙점한 무사들의 이름을 말해 주었다.

"여응암 무사와 이필 무사라. 제법 실력도 있고 눈썰미도 좋지요."

"저번에 사천에 갔을 때 제 호위를 했었는데 그때 보니 저와 합이 잘 맞았습니다."

"하하하. 맞습니다. 호위란 자고로 합이 잘 맞아야죠. 아무리 고수라고 해도 합이 잘 맞지 않으면 힘들죠. 알겠습니다. 소단주님이 원하는 대로 처리하죠."

"감사합니다."

나는 말을 이었다.

"아, 그러고 보니 윤충진 부대주가 무사들을 제법 강하게 훈련을 시키더군요."

"아아."

외총관이 고개를 끄덕이며 말했다.

"이번에 북경으로 가던 도중에 있었던 일에 대해 듣고, 좀 화가 나더군요. 곧 소단주님의 공표식도 있는데 말입니다. 그래서 부대주와 대련 좀 했습니다."

"……."

일의 전모를 알 것 같았다.

외총관은 일검진천이라 불리는 고수이다.

부대주의 실력이 아무리 좋다고 해도 외총관과 대련을

했다면 제법 많이 맞았을 것이다.

 그 울분을 담아 무사들을 집합시킨 거고.

 그러니까 이 일의 시작은 외총관이었던 거다.

 "그랬군요. 그래도 이 더위에 너무 수련만 하면 지쳐서 정작 힘을 써야 할 때 쓰지 못할까 염려됩니다. 하여 이따가 술과 고기를 좀 보낼까 합니다."

 "우리 서호 소단주님은 마음이 너무 좋으십니다. 하하하."

 그렇게 외총관과 대화를 마치고 나는 내 처소로 돌아왔다.

 침상에 누워 한숨을 내쉬었다.

 아직 소단주 공표식은 하지도 않았는데 벌써부터 지치는 느낌이었다.

 그때 팔갑이 말했다.

 "도련님, 혹시 추가로 초대장을 보내실 분이 계십니까요?"

 이미 초대장은 발송이 끝났다.

 혹시나 추가로 초대장을 보낼 자들이 있는지 묻는 것이다.

 초대를 해야 할 만한 자들인데 혹여 초대장이 누락되었다면 큰 결례가 되니까.

 "제갈세가에는 보냈어?"

 "물론입니다요."

"진우림 상단주님과 다른 상단에는 북경에서 출발하기 전에 이미 드렸고……."

"창인표국에는?"

"보냈습니다요."

"잘했어."

나는 침상에서 일어났다.

"내가 따로 빼놓으라고 했던 초대장은 몇 장 남았지?"

"한 장 남았습니다요. 잡화점 어르신의 것입니다요."

귀면포로 활동하다 은퇴한 잡화점의 노인은 내가 지금 상당히 공을 들이고 있는 분이다.

그런 분이니만큼 초대장은 내가 직접 드려야지.

사부님께는 어제 아침에 드렸고 반드시 오겠다는 확답을 받았다.

나는 옷매무새를 정돈하고 팔갑에게 초대장을 받아 옷소매에 넣었다.

"잡화점으로 가자."

.
.
.

잠시 후.

나는 서가에 있는 잡화점에 도착했다.

귀면포 노인은 담뱃대를 들고 여유롭게 앉아 있다가 나를 보자 몸을 일으켰다.

"또 왔냐?"

"또라니요? 그동안 격조했잖습니까?"

"나에게는 그날이 그날이다, 이놈아."

"하하하."

나는 그의 앞에 앉아 옷소매에서 초대장을 꺼내어 내밀며 말했다.

"내일모레, 저 소단주 됩니다."

"안다, 이놈아."

"오실 거죠?"

내 물음에 노인은 초대장을 읽었다. 그 얼굴을 보니 근육이 꿈틀거리는 것이 웃음을 참고 있는 게 분명했다.

좋아하시면서 참…….

"네 녀석이 몇 살인데 벌써 소단주냐?"

"열다섯입니다."

"하긴, 그 정도 능력이면 그 나이에 소단주가 되는 것도 이상하지는 않지."

그리 중얼거리던 노인은 자리에서 일어났다.

"잠시 기다려라."

"……?"

안으로 들어갔던 노인은 뭔가를 들고 나왔다. 그리고 탁자 위에 던지듯 놓았다.

"선물이다."

"네?"

"소단주가 된 것을 축하하는 선물이다."

"아, 감사합니다."

나는 잡화점 노인이 나에게 선물을 줄 거라고는 생각하지도 못했기에 얼떨떨했다.

노인이 준 선물은 붉은색 비단 주머니였다.

하지만 만져 보니 주머니는 비어 있었다.

보통 이런 주머니 안에 뭔가를 담아서 주는 거 아닌가?

"주머니…… 입니다?"

내 말에 노인이 말했다.

"그래, 주머니다."

"혹시, 주머니가 선물입니까?"

"그래."

노인은 의자에 앉아 나를 보았다.

"그 안에 뭘 담아도 느껴지는 무게는 같지. 그리고 그 주머니의 백배 정도는 담을 수 있을 거다."

"……네?"

나는 깜짝 놀랐다.

그게 사실이라면, 아니, 사실이다. 내 앞의 노인은 허풍을 떨거나 거짓말을 할 분이 아니니까.

이건 즉, 보물이다.

"너무 큰 선물입니다!"

"알긴 아는구나. 하지만 너는 그 선물을 받을 자격이 있는 녀석이다."

노인이 말을 이었다.

"네 덕분에 내 평생의 숙원을 이루었으니 말이다."

"……."

뭐, 선물이니 감사하게 받는 게 맞겠지.

"감사합니다. 잘 쓰겠습니다."

"그거 공짜 아니다."

"네?"

"이번에 황궁에서 제법 화려하게 일을 저질렀다더구나."

역시 아시는구나.

"혹시, 문제가 되는 겁니까?"

"그건 아니다. 그 새끼들, 진작 정신을 차렸다면 이런 일은 없었겠지. 지금 칼춤 사이에서 살아남으려고 정신 없을 텐데 너를 신경이나 쓰겠느냐? 다만."

"……?"

노인이 나를 보더니 씩 웃었다.

"폐하께서 너를 신경 쓰시는 것 같더구나."

"네? 저를 말입니까?"

"잘 크면 잡아먹으려고 말이다."

노인의 말에 나는 식겁했다.

"네? 자, 자, 잡아먹는다고요?"

내 말에 노인은 허허 웃었다.

"폐하께 제법 진한 인상을 드렸나 보구나. 너를 탐내시는 것을 보면 말이지."

그 말에 나는 식은땀이 흘렀다.

황제가 내 나이를 물어봤던 이유가 있었다. 나이가 적당했다면 나는 그대로 끌려가 황궁의 관리로 일하게 되었을 것이다.

그건 절대 안 되지!

내 목표는 천하제일 상단의 상인이지, 황궁의 관리가 아니다.

앞으로 황제의 눈에 띄지 않게 조심해야겠네.

하지만 눈에 띄지 않을 수 있나?

아무리 생각해도 그건 어려워 보였다.

그런데 지금 왜 노인이 이런 말을 하는 거지?

나는 내 손에 들린 붉은 비단 주머니를 보았다.

설마?

이 주머니는 지금 잡화점에 있는 기물 중에 가장 값진 물건일 터.

그야말로 무가지보다.

나를 아무리 좋게 봤다 한들 선물로 턱턱 내줄 만한 것이 아니다.

나는 내 생각을 조심스레 물었다.

"이 주머니…… 그분이 주신 겁니까?"

"부탁하셨지. 내가 가지고 있는 것 중에 너에게 가장 필요해 보이는 것을 주라고."

"왜입니까?"

"그 버릇없는 새끼들을 숙청할 수 있게 도와준 것과 진상단주를 살려 준 것에 대한 보답이고, 죽을 뻔한 것에 대한 사과라고 할 수 있겠군. 그리고 아까 말한 것 같은데? 잘 크면 잡아먹으려고 하신다고 말이야."

"……그래서 공짜가 아니라고 하셨군요."

어떻게든 나를 황궁에 끌고 가실 생각이구나.

"폐하께서는 네놈이 얼마나 크게 자랄지 기대하고 계신다. 그러니까 무럭무럭 잘 크라고 주시는 선물이지."

나는 잠시 생각했다.

이 주머니, 나에게 정말 요긴하게 쓰일 거다.

부담감 때문에 반납한다면, 진짜 아까워서 눈물이 나올 거다.

나는 편하게 생각하기로 했다.

진짜로 나를 황궁의 관리로 끌고 가려 한다면, 그건 그때 가서 생각하자. 어떻게든 되겠지.

"알겠습니다. 감사히 잘 쓰겠다고 전해 주십시오."

내 말에 노인의 눈동자가 커졌다.

"받는 거냐?"

"주시는 거 안 받으면 손해 아닙니까?"

내 말에 노인은 파안대소했다.

"푸하하하하! 역시! 넌 참 재밌는 놈이다!"

"제가 좀 그렇긴 합니다."

.
.
.

다음 날.

팔갑이 내 처소를 옮기는 일로 분주한 가운데, 나는 내게 주어진 일을 하느라 나름대로 바빴다.

작풍기를 선보인 것이 나인 만큼, 그 생산과 판매를 내가 맡았기 때문이다.

이번에 내 소단주 공표식 때 소금 소매상들이 모이기로 했다.

그때 작풍기의 생산과 판매에 대해서 논의할 계획이다. 이를 위해서 나 역시 준비할 것이 많았다.

이제 이틀 뒤면 내가 진짜 소단주가 되는구나 생각하니 마음이 뒤숭숭했다.

물론 좋기는 하다.

움직임이 훨씬 자유로워진 만큼 내가 목표한 바를 빠르게 이룰 수 있을 테니까.

문제는 상단의 직원들에게 주어지는 공식적인 휴가가 소단주에게는 없다는 것이다.

아니, 딱 한 번 하계 휴가가 있다.

그 외의 다른 휴가는 모두 사라진다. 그뿐만 아니라 열흘에 한 번 있는 휴일도 없다.

아, 왜 갑자기 또 눈물이 나지?

내 나이 열다섯.
눈물이 많은 나이인가 보다.

* * *

유소악의 집무실.
서류를 살펴보던 그는 자신 옆에 앉아 있는 소년을 보았다.
올해 열세 살의 석일송.
그는 유소악이 과제로 던져 준 서류를 열심히 살펴보고 있었다.
솔직히 처음에는 왜 이런 짐덩이를 자신에게 맡기는 건지 이해가 가지 않았다.
하지만 이내 은서호가 자신에게 석일송을 붙여 준 건 배려였음을 깨달았다.
석일송은 천재였다.
자신이 한 번 알려 준 것은 절대 잊지 않았고, 하나를 가르치면 열을 알았다.
"내총관님, 여기 과제입니다."
석일송은 그새 과제를 다 해결하여 그걸 유소악에게 제출했다.
유소악은 그 과제들을 살펴보았다.
정답이다.

그리고 자신이 알려 준 형식대로 글을 쓴 것을 보니, 일을 배우기 시작한 지 닷새가 되지도 않았다는 것이 믿기지 않았다.

이대로 몇 개월만 가르친다면 은서호의 공백을 채울 수 있을 터.

"그런데 말입니다. 잔칫상의 음식을 일일이 걷고 차리는 건 솔직히 비효율적인 것 같습니다."

"그럼 대안이 있느냐?"

"쟁반에 한 상의 음식을 차리고 쟁반을 통째로 갈아 버리면 되는 거 아닙니까?"

"일리가 있구나."

확실히 생각해 보니 그러는 편이 더 빠르게 많은 손님을 치를 수 있었다.

상이 준비되지 않아서 대기하는 손님들을 생각하면 나쁘지 않은 방법이었다.

"세풍각주와 상의해 봐야겠구나."

"제 하찮은 의견을 들어 주셔서 감사합니다."

"아니다. 계속해서 뭔가를 궁리하는 건 좋은 습관이다. 그럼 다음 과제를 내주마."

유소악은 석일송에게 다른 과제를 내주었다.

'음······.'

그가 석일송을 높이 평가하는 이유 중 하나가 바로 이런 눈썰미였다.

뭔가를 하는 데 있어 효율적인 방법을 생각해 내는 번뜩이는 재치와 눈썰미가 있었다.

상인으로서도, 혹은 관리로서도 모두 대성할 수 있는 아이였다.

학문적으로 봐도 나이 열둘에 대학을 배울 정도였으니까.

그러고 보니 은서호의 검술 스승인 곽명현 표두의 장남 곽형진이 생각났다.

저번에 열세 살이 되었다고 했으니, 석일송과 동갑이다.

'지금 중용을 배우고 있다고 했었지.'

그는 은서호에게 석일송의 사정에 대해 전해 들었다.

만약 석일송의 가문이 사라지는 일이 없었다면, 그 역시 곽형진처럼 중용을 배우고 있었을 것이다.

문득 그런 생각이 들었다.

절차탁마할 수 있는 좋은 친우가 있다면 석일송의 재능을 한결 더 꽃피울 수 있을 것 같다는 생각이.

그리고 문득 자신 안에 있는 줄도 몰랐던 욕심이 꿈틀거렸다.

맹자가 말한 군자 삼락 중 세 번째 즐거움. 즉, 천하의 영재를 얻어 교육하는 것.

석일송은 가히 천하의 영재라 칭할 만하니, 잘 가르쳐 보고 싶었다.

"일송아."

"네, 내총관님."

"글공부, 더 하고 싶지 않으냐?"

"……."

"사실대로 대답해도 된다."

"실은, 글공부가 더 하고 싶긴 합니다. 하지만 지금은 얼른 일을 익혀서 은혜를 갚고 싶습니다."

"은혜? 무슨 은혜 말이냐?"

"저를 도와주시고 손을 내밀어 주신 은서호 소단주님께 도움이 되는 사람이 되고 싶습니다."

그리 말하는 석일송이 유소악에게는 무척이나 기특했다.

"그 전에 너의 행복이 우선이니라."

"그래도 되는 겁니까?"

"물론이다. 네가 먼저 행복해지고 나서 갚는 은혜가 비로소 의미 있는 것이다. 네가 불행한데 은혜를 갚는다는 건 어불성설이니라."

사실 그건 상단주 은길상이 유소악에게 해 준 말이다.

그리고 얼마 전까지만 해도 그는 그 말을 온전히 행할 수 없었다.

억눌렀던 울분들이 그를 괴롭혔기 때문이다.

그런 그가 행복이라는 감정을 느낄 수 있게 된 계기가 있었다.

바로 은서호가 자신도 모르게 낸 시문집이었다.

그로 인해 제갈세가의 태상가주라는 평생의 지음(知音)을 만날 수 있었다.

그제야 자신이 얼마나 어리석었는지 깨달았다.

행복해지면 안 되는 줄 알았다.

행복해질 수 없을 거라고 생각했다.

하지만 그건 잘못된 생각이었다.

그는 석일송이 자신처럼 어둠 속에서 살지 않았으면 했다.

* * *

내리쬐는 따스한 빛에 내게 주어진 별당에서 눈을 떴다.

드디어 오늘 나는 소단주가 된다.

"기침하셨습니까?"

팔갑의 물음에 나는 대답했다.

"응."

내 대답에 팔갑이 세숫대야를 들고 들어왔다.

"세숫물 가져왔습니다요."

"고마워."

나는 대충 세수를 하고 수련복을 입었다. 그걸 보며 팔갑이 물었다.

"그런데 소단주 공표식인데 오늘도 수련을 하시는 겁니까?"

"당연하지. 소단주 공표식이라고 해도 내 수많은 날 중 하나일 뿐이야. 그게 검술 수련을 빼먹을 이유가 되지는 못해."

나는 현룡성체였고, 극음의 기운을 지니고 있다.

원래도 강력한 내공을 다루기 위한 진설십이식검법이지만, 내 내공은 더 많았고 더 극음의 기운을 지니고 있었다.

그러니 아이가 걸음마를 배우듯 나는 진설십이식검법을 차근차근, 매일 수련해야만 했다.

그걸 알기에 수련을 빼먹을 수 없는 것이다.

잠시 후, 나는 마당에 나왔다.

내가 받은 별당의 마당은 제법 넓었다. 이제부터 이곳에서 수련하는 거다.

"나오셨습니까, 주군."

"소단주가 되신 것 감축드립니다."

"감축드립니다."

어제부터 여응암 무사와 이필 무사는 이곳 별당에 머무르게 되었다.

내 개인 호위가 되었으니까.

"그런데 수련하러 나오신 겁니까?"

"네."

"오늘 소단주 공표식인데……."

뒤에서 팔갑이 말했다.

"도련님께서는 매일 검술을 수련하십니다요. 도련님께서는 소단주 공표식이라고 해도 수많은 날 중 하나일 뿐이고, 그게 검술 수련을 빼먹을 이유가 되지 않는다고 하셨습니다요."

팔갑의 말에 두 호위무사는 감탄스러운 표정으로 나를 보았다.

"대단하십니다."

"존경스럽습니다."

팔갑아, 너 지금 내 얼굴에 완전히 금칠을 하는구나.

"심법을 행하려고 합니다. 호법을 부탁드립니다."

심법을 행할 때 호법을 서는 건 호위무사의 일이다. 그렇기에 그들에게 부탁했고, 그들은 흔쾌히 대답했다.

"물론입니다."

"주군의 명을 받듭니다."

심법 수련을 마치고 자리에서 일어나자, 귀신같이 사부님이 나타났다.

"사부님, 오셨습니까? 그런데 궁금한 게 있습니다."

"무엇입니까?"

"어떻게 매번 이렇게 시간을 딱 맞춰서 오실 수 있으신 겁니까?"

내 물음에 사부님이 대답하셨다.

"그건, 도련님도 나중에 아시게 될 겁니다."

그리고 사부님은 두 호위무사를 보았다. 나는 얼른 사부님께 그들을 소개해 주었다.

"제 개인 호위가 되어 주실 여응암 무사님과 이필 무사님이십니다."

"여응암입니다."

"이필입니다."

나는 그들에게 사부님을 소개했다.

"제 검술 스승이십니다."

"곽명현 표두입니다."

"여기서 만나 뵙는군요!"

"하하하! 반갑습니다."

그들은 반갑게 인사했다.

아는 사이인 듯했다. 아마도 은해상단의 상행은 창인표국에 맡기니 그때 보면서 안면을 익힌 듯했다.

"서호 도련님을, 잘 부탁합니다."

그리 말하며 사부님이 두 호위무사를 지그시 바라보자, 그 순간 두 호위무사의 얼굴이 하얗게 질렸다.

왜 저러지?

사부님은 아무 일도 없다는 듯이 고개를 돌리셨다.

"그럼 오늘 수련을 시작하겠습니다. 그러니 두 무사님은 잠시 자리를 비켜 주시겠습니까?"

무공을 전수하는 과정을 보는 건 상당한 무례였지만,

저들은 내 호위무사이다.
 그러니 내 옆에 있어도 무방했다.
 하지만 그들은 아무 반론 없이 재깍 움직였다.
 마치 호랑이 앞의 토끼같이 보이는 건 내 착각일까?

.

.

.

 "오늘은 여기까지 하겠습니다."
 "후우, 가르침에 감사드립니다."
 "이제 며칠만 더 있으면 다음 초식으로 넘어가도 될 듯합니다."
 "그런가요?"
 "네."
 사부님이 말씀을 이으셨다.
 "사실 진설십이식검법은 다음 단계로 넘어가는 기준이 검술의 숙련도가 아닙니다."
 나는 그 답을 알고 있다. 하지만 사부님이 말씀하시는 것을 기다렸다.
 "기운을 얼마나 잘 다스릴 수 있는지입니다."
 "그 말씀은 제가 두 번째 초식으로 다스릴 수 있는 기운은 다스렸다는 말씀이시군요."
 "그렇습니다. 하지만 도련님께서도 알고 계시듯이 도련님의 기운은 막대합니다. 그러니 절대 도련님께서 다스릴 수 있는 기운 그 이상의 기운을 사용하시면 안 됩니다."

"알겠습니다."

"그리고 오늘, 소단주가 되신 것 축하드립니다."

"감사합니다."

사부님은 품에서 뭔가를 꺼내 나에게 주셨다.

"선물입니다."

작은 나무 상자였다.

이것 때문에 사부님의 가슴 쪽이 불룩했었구나.

"열어 보십시오."

나는 사부님이 주신 목함을 열어 보았다.

시원한 향과 기운이 느껴지는 작은 단환이 들어 있었다.

"단 한 번, 냉기로부터 혈맥을 보호해 주는 단환입니다."

나는 의아한 눈으로 사부님을 올려다보았다.

이걸 왜 주시는 거지?

"실무를 거치는 동안에도 그렇게 종횡무진으로 움직이시면서 일을 저지르시는데, 소단주가 되시면 얼마나 더 날뛰시겠습니까?"

"하하하하."

나는 뺨을 긁적였다.

할 말이 없었으니까.

"그래서 드리는 겁니다. 만약 다스릴 수 있는 그 이상의 기운을 사용하셔야 한다면 반드시 그걸 드신 후 사용하십시오."

그러니까 죽지 말라는 사부님의 마음인 것이다.

"감사합니다. 사부님의 말씀 명심하겠습니다. 그런데 이거 귀해 보입니다."

"물론이죠. 엄청 귀한 겁니다."

"되도록 쓰는 일이 없도록 하겠습니다."

"이제야 마음에 드는 대답을 하시는군요."

검술 수련을 마치고, 의관을 갖추어 입었다.

가족들과 함께 아침을 먹어야 했으니까.

그 자리에서 조부님과 부모님, 그리고 형들에게 정식으로 인사를 해야 했다.

솔직히 오늘 무슨 일이 있을지는 나도 모른다.

내가 기억하는 건 오 년의 실무 과정을 마친 후의 소단주 공표식이었으니까.

그래도, 나는 잘 해낼 거다.

.

.

.

잠시 후, 나는 식당으로 들어갔다.

"좋으냐?"

식당에 들어가자마자 진호 형이 말을 건넸다.

왠지 진호 형에게 미안한 생각이 들었다. 아무리 형이 괜찮다고 했지만 그래도 내 마음은 그게 아니었다.

"형······."

내 말에 진호 형이 피식 웃었다.

"이 자식이 나보다 먼저 소단주가 되다니!"

"미안······."

"거기까지!"

"······?"

"미안하다고 하면 맞는다?"

진호 형은 피식 웃었다.

"네 마음을 내가 모르겠냐? 하지만 말이다, 사람에게는 각자 맞는 옷이 있는 거다. 그리고 그 옷에 억지로 몸을 끼워 맞추는 건 참으로 불행한 일이지."

진호 형이 말을 이었다.

"지금 너에게 잘 맞는 옷은 소단주의 옷이다. 그러니까 미안해할 필요 없어."

그래, 진호 형은 이런 사람이다.

"뭐, 얼마 되지 않아서 소단주의 옷도 너에게 작아지겠지만 말이지."

"하하하."

"암튼, 축하한다."

나는 진호 형을 보았다. 내 기억 속에 남아 있는 잘린 진호 형의 머리가 아른거렸다.

이번에 진호 형에게 그런 최후는 결코 없을 것이다.

"우리가 늦었구나!"

그때 가족들이 들어왔고 내 소단주 공표식을 축하해 주었다.

선물도 받았다.

식탁 앞에 앉기 전, 나는 어머니를 불렀다.

"어머니, 부탁이 있습니다."

"부탁이라고? 막내의 부탁이 뭔지 궁금하네?"

"제 별당의 이름을 지어 주십시오."

"별당의 이름을 말이니? 아버지나 할아버님께 부탁을 드리지 않고 왜 나에게?"

그 물음에 내가 대답했다.

"큰형 별당의 이름은 조부님께서 지어 주셨습니다. 그리고 둘째 형 별당의 이름은 아버지가 지어 주셔야죠. 제가 먼저 소단주가 되었지만, 그것까지 넘볼 생각은 없습니다."

나는 어머니를 보며 말했다.

"그러니까 제 별당의 이름은 어머니가 지어 주셨으면 합니다."

사실 지난 삶에서 내 별당의 이름은 조부님이 지어 주셨다.

진호 형의 별당 이름은 아버지께 부탁해서 받았으니 나는 어머니께 부탁해야 마땅했다.

하지만 그 당시, 나는 그렇게 하지 않았었다.

나중에서야 어머니가 내심 기대를 하시면서, 내가 실무

를 시작할 때부터 이미 수백 개의 이름 후보들을 놓고 고민하셨다는 것을 알게 되었다.

그리고 무척 실망하셨다는 것도.

그걸 알게 된 나는 너무나도 미안했다.

하여 이번에는 그런 실수를 하지 않을 생각이다.

내 요청에 어머니는 사양하셨다.

"아니다. 네 별당의 이름은 내가 아니라 조부님께 부탁하는 것이 좋겠구나."

그러시면서 살짝 입술을 떠셨다.

어머니도 참 거짓말을 못 하신다니까.

"아닙니다. 저는 어머니께 별당의 이름을 받고 싶습니다. 이는 조부님과 아버지도 이해해 주실 겁니다."

내 말에 조부님과 아버지도 흔쾌히 고개를 끄덕였다.

"아가, 그렇게 하도록 해라."

"서호의 별당 이름은 당신이 짓도록 하시오."

그제야 어머니는 살짝 고민하는 척하시더니 이내 말씀하셨다.

"방금 좋은 이름이 떠올랐단다."

"무엇입니까?"

"문곡당(文曲堂). 문곡성(文曲星)의 이름을 따서 지은 거란다."

북두칠성에는 아홉 개의 별이 있고 그것들이 인간의 길흉화복을 주관한다고 한다.

그 각각에는 이름이 있는데 그중 네 번째 별이 문곡성이다.

"문곡성은 문을 관장하지만 재물 역시 관장하지. 너에게 항상 재물운이 있었으면 해서 지었단다."

역시, 이런 이름이 즉흥적으로 나왔을 리 없다.

"좋은 이름입니다. 감사합니다, 어머니."

이를 들은 조부님도 흐뭇하게 웃으며 거들었다.

"정말 좋은 이름을 받았구나."

"네, 조부님."

"자자, 그럼 이제 아침을 먹도록 하지."

모두가 식탁에 앉자 아침 식사가 나왔다.

오늘의 아침 식사는 붉은색 팥죽이다.

액운을 쫓는다는 의미다.

그런데 문곡성은 잘못된 것을 바로잡으며 앞날을 예지한다고도 하지.

내 별당의 이름을 문곡당이라고 지으신 것이 의미심장하게 느껴졌다.

설마, 어머니께서 내가 시간을 거슬러 되돌아왔음을 아시는 건 아니겠지?

에이, 그럴 리 없지.

·
·
·

아침을 먹자마자 나는 곧바로 별당으로 와서 예복을 입었다.

내가 자무인형의 옷을 만들기 위해 데리고 온 홍금소 부인이 만들어 준 예복이다.

돈을 많이 벌게 해 주어서 고맙다는 의미로, 예복은 자신이 직접 만들고 싶다고 했다.

그나저나 이제 슬슬 부인의 남편의 병을 고칠 때가 되었는데 말이지.

내가 홍금소 부인의 남편의 병을 아직 고치지 않은 건 이유가 있다.

때를 기다린 것이다.

패혈장에 의해서 썩어 가는 오장육부를 복구하기 위해서는 제대로 된 약이 필요했다.

그리고 내가 아는 가장 제대로 된 약은 조만간 세상에 모습을 드러낸다.

그걸 구해서 홍금소 부인의 남편을 치료할 생각이다.

나는 면경을 보았다.

그녀가 만들어 준 예복은, 내가 봐도 참으로 멋스러웠다.

"우리 도련님, 진짜 멋지십니다요."

"내가 좀 그렇지?"

"그럼요! 우리 도련님이 세상에서 제일 멋집니다요."

팔갑의 칭찬을 잔뜩 들으며 나는 별당에서 나왔다.

여응암 무사와 이필 무사 역시 예복을 입고 있었는데, 활동하기 편하게 만들어진 푸른색 예복이다.

그 예복은 개인 호위무사만이 입을 수 있는 것이다.

두 호위무사가 나에게 예를 갖추었다.

"모시겠습니다."

"오늘도 잘 부탁드려요."

나는 팔갑과 두 호위무사를 대동하고 연회장으로 향했다.

손님을 맞이할 시간이었으니까.

.

.

.

손님은 무척 많았다.

솔직히 손님이 많을 거라는 것을 예상하지 못한 건 아니다.

한데 이전 삶에서 내가 소단주가 되었을 때보다도 더 많은 듯했다.

나는 손님들과 일일이 "와 주셔서 감사합니다.", "즐거운 시간 보내십시오." 등의 인사를 나누었다.

이것도 쉬운 게 아니네.

내 옆에서 나와 함께 인사하시는 아버지도 힘드시겠다는 생각이 들었다.

그때 아버지가 나를 부르셨다.

"아래쪽 연회장에도 가서 인사를 드리도록 해라."
"알겠습니다."
연회장은 크게 두 개로 나뉘었다.
편의상 위쪽, 아래쪽으로 불렀는데, 고관대작들이나 상단의 상단주 등등 높으신 분들을 위한 장소가 위쪽 연회장이다.
그 밖에는 모두 아래쪽 연회장에서 연회를 즐겼다.
내가 따로 아래쪽 연회장으로 가서 인사를 드려야 하는 건, 그들은 내게 인사를 하면서 들어오지 않았기 때문이다.
다른 문으로 편하게 들어와 편하게 먹고 마시는 것이다.
그분들 역시 내 소단주 공표식을 축하하기 위해 왔으니 내가 인사를 하는 것이 마땅했다.
"연회는 즐거우신지 모르겠습니다."
"충분히 즐겁습니다."
"즐거운 시간 되십시오."
"초대해 주셔서 감사합니다."
"오늘 와 주셔서 감사합니다."
"소단주가 되신 거 축하드립니다."
나는 사람들에게 인사를 하면서 한 바퀴 돌았다. 그때 반가운 얼굴이 보였다.
공 도공과 공밀의 가족이다.

나는 그들과 인사를 나누었다. 그 자리에서 공밀은 쑥스러운 표정을 지었다.
"소단주가 되신 거 축하하는 마음으로 만든 기물이 있습니다."
"그래?"
"별건 아니지만, 나중에 방문해 주세요."
"그래, 알겠어."
그리고 공래의 머리를 슥슥 만져 줄 때 공래가 나에게 말했다.
"저는 선물로 노래를 불러 드릴게요."
"노래?"
내 물음에 공밀이 말했다.
"래가 노래를 잘 부르거든요."
"그래? 알았어. 꼭 가서 들을게."
그렇게 약속을 하고 다른 이들에게 인사를 하기 위해 몸을 돌렸다.
"어? 내총관님?"
그런데 그 자리에 유 총관이 있었다.
"내총관님은 이곳 아래쪽 연회장이 아니라 위쪽 연회장에 계셔야 하는 거 아닙니까?"
"안 됩니다."
"네?"
"편하게 먹고 마실 수가 없습니다. 그리고 이 녀석이랑

같이 가야 하는데 이 녀석, 체합니다."

유 총관이 가리킨 아이는, 석일송이다.

그는 민망한 얼굴로 내게 고개를 숙였다.

본 본 사이 얼굴에 부쩍 살이 올라 있어 보기 좋았다.

"일은 할 만하니?"

"네. 내총관님께서 세심하게 잘 챙겨 주십니다."

"열심히 배워. 내총관님의 능력은 내가 본 이들 중에 가장 뛰어나신 분이니까."

"네!"

내 말에 유총관은 부끄러워하면서 고개를 돌렸다.

내가 피식 웃으며 다른 곳으로 가려던 그때, 중요한 손님을 발견했다.

지난 삶에서 죽림직녀로 불리던, 사부님의 부인이시다.

"어서 오십시오."

"초대해 주셔서 감사합니다."

옆에는 두 아이가 있었다.

내가 목숨을 구해 준 곽형진과 내 지난 삶에서 나의 호위였던 곽준하다.

"너희들도 반가워."

"다시 찾아뵙고 감사 인사를 드린다는 것을 그러지 못했습니다."

"내가 바빴는걸 뭐. 요즘도 공부 열심히 하고 있니?"

"네."

그때 곽준하가 말했다.

"우리 형, 이번에 논어를 배우기 시작했어요!"

"벌써?"

"네!"

"이야! 대단한데?"

이번에 열세 살이 되었다는데, 논어라니!

내가 인재를 살렸다는 것에 기분이 뿌듯했다.

나는 이런 인재를 한 명 더 알고 있다. 바로 유 총관 옆에서 식사를 하는 석일송이다.

둘이 친우가 되면 그림이 좋을 텐데……

"그런데 사부님께서는?"

"이 근처까지는 같이 왔는데, 갑자기 중요한 볼일이 있어서 먼저 들어가라고 하더군요."

"그런가요?"

"네, 늦지는 않을 거라더군요."

그리고 빈자리를 찾으시려는지 고개를 두리번거리셨다.

그때 유 총관이 그녀를 불렀다.

"곽 표두님의 부인 되십니까?"

"네, 그렇습니다."

"실례가 아니라면 합석하시죠."

"그래도 되겠습니까?"

"물론입니다. 마침 일송이도 또래가 없어서 심심해하던 참입니다."

아무래도 유 총관의 신분도 있고 인상도 그리 좋지 않아서인지 주변에 아무도 앉지 않았기에 충분히 합석할 수 있었다.

그때 조영영 부관이 나를 찾았다.

"이제 단상에 올라가실 시간입니다."

"아, 그런가요?"

나는 다시 가 보겠다고 인사를 한 후 부관을 따라 단상으로 향했다.

화려한 옷을 차려입은 아버지께서 먼저 나서서 손님들에게 인사했다.

"은해상단의 상단주 은길상입니다. 오늘 제 셋째 아들 은서호의 소단주 공표식에 이리 참석하여 주시니 이 은길상, 모두에게 감사의 인사를 올립니다."

아버지는 고개 숙여 인사한 후, 손님들에게 나를 소개했다.

"저희 상단에서 최연소로 소단주가 된 셋째 은서호를 소개합니다."

아버지의 말에 나는 단상 위로 올라왔다.

그리고 포권하여 모두에게 인사를 했다. 이곳에 서니 모두의 얼굴이 잘 보였다.

"방금 소개받은 은서호입니다. 저의 소단주 공표식을

축하하기 위해 와 주신 모든 분께 감사드립니다."

아버지는 모두에게 공표하셨다.

"오늘, 나 은해상단주 은길상은 나의 셋째 아들 은서호가 정식으로 소단주가 되었음을 공표합니다."

그리고 유대익 부관이 들고 있던, 쟁반 위의 신분패를 들어 나에게 내밀었다.

상단의 상징인 바다에 떠 있는 달이 그려진 은패이다.

내가 미리 받았던 옥패와는 다른 것으로, 평소 패용하고 다니는 신분패이다.

나는 그걸 받아 내 허리에 매달았다.

이제 정식으로 소단주가 된 것이다.

내 예상보다 행사가 참 차분하게 진행되었다.

내가 걱정했던 일도 없었다.

다행이었다.

* * *

그 시각.

곽명현은 자신의 검에 묻은 피를 천으로 슥슥 닦았다.

'지금쯤 공표식이 한창이겠군.'

그는 싸늘한 눈으로 방금 자신이 베어 버린 이들을 보았다.

은서호의 초대를 받고 가족들과 함께하던 중, 이들이 내보인 살기를 포착했다.

복면을 쓴 이들은 은해상단을 향해 선명한 살기를 내보였다.

하여 곽명현은 이들을 쫓았고, 저들이 노리는 것이 은서호라는 것을 알게 되었다.

암살자답게 입이 무거웠다.

하여 누가 그런 의뢰를 했는지는 알아낼 수 없었다.

그들은 곽명현을 공격했지만, 그로서는 코웃음이 나올 정도의 수준밖에 되지 않았다.

'내 제자는 대체 어디서 뭘 하기에 이런 파리들이 꼬이는 건지 모르겠군.'

문득 저번에 은서호와 나누었던 대화가 떠올랐다.

"그냥, 사부님을 믿었을 뿐입니다."
"저를 말입니까?"
"네. 사부님께서는 제자의 성취를 바라시지 않습니까? 그러니 사부님을 믿고 따를 뿐이지요."

이토록 자신을 믿어 주는 제자라니!

가문에 내려오는 예언 때문에 제자로 삼았지만, 어느새 곽명현은 자신의 제자에게 진심이 되어 있었다.

그래서였을 거다.

얼마 남지 않은 가문의 보물 중 하나를 선물로 준 것은.

그리고 은정호의 소단주 공표식 때처럼, 어떤 위기가 생긴다 해도 은서호는 잘 해결할 것을 알면서도 복면인을 보고 직접 나선 것이다.

다른 날은 몰라도 오늘만큼은 그 누구도 은서호를 방해해서는 안 된다.

'내 제자의 앞날에 한 점의 오점도 남길 순 없지.'

어느새 그에게 은서호는 '도련님'이 아닌 '제자'가 되어 있었다.

스릉, 탁.

그는 검을 검집에 넣었다.

그리고 어디선가 나타난 이들이 시신을 처리했다.

이곳에서 누군가가 죽었다는 증거라곤 없었다.

그는 옷매무새를 다시 정돈하며 내공으로 몸에 남은 혈향을 털어 내었다.

이제 제자에게 갈 시간이다.

월하노인

  연회가 한창 무르익었을 때, 나는 제갈세가에서 온 손님을 맞이하였다.
  놀랍게도, 태상가주님과 그 손녀인 제갈유아가 직접 왔다.
  "찾아 주셔서 감사합니다."
  "축하하네."
  "이리 직접 오실 줄은 몰랐습니다."
  "내 당연히 직접 와야지. 나와 내 가문을 살려 준 큰 은인인데."
  "맞아요."
  다시 만난 제갈유아는 이전의 철없던 모습은 온데간데없었다.
  딱 봐도 잘 배운 명문가의 여식이었다.

"그럼 즐거운 시간 되십시오."

태상가주님과 제갈유아 소저가 안으로 들어가자 순식간에 이목이 집중되었다.

그도 그럴 것이, 제갈세가의 힘과 명성은 이 호북성에서만큼은 황제 못지않았으니까.

그런데 제갈유아 소저는 왜 아까부터 자꾸 나를 힐끔거리는 거지?

그녀뿐만 아니라 다른 소저들도 나를 힐끔 바라보다가 얼굴을 붉히곤 했다.

그때 정호 형이 다가왔다.

"고생이 많네."

"뭐, 그렇지."

나는 주변을 둘러보다가 정호 형에게 말했다.

"그런데 이번에 북경에서 사 온 선물, 진 소저에게 줬어?"

형은 진씨무관의 장녀인 진소미 소저에게 마음이 있었다.

나에게 그걸 들킨 정호 형은, 이번에 북경에 다녀올 때 진 소저에게 줄 선물을 사 왔다.

상아로 만든 붉은색 머리꽂이였다.

크기는 작았지만, 세공이 섬세하여 참으로 아름다웠다. 확실히 눈썰미가 좋았던 정호 형다운 선택이었다.

내 물음에 정호 형은 얼굴을 붉혔다.

"아, 아직……."

"오늘 진소미 소저도 온 것 같은데, 아직도 안 줬다고?"

"그게……."

하! 진짜 이 형 좀 보게!

"형, 그러다가 다른 놈이 채 가면 어쩌려고 그래? 내가 왜 그때 먼저 선물을 주지 못했나, 하면서 술을 마시고 평생 자책하면서 나 괴롭히려고 그러지?"

"서, 설마……."

설마는 무슨……. 내 이전 삶에서 자주 그랬으면서 뭘.

"이왕 혼인하는 거 좋아하는 여자랑 혼인해야 행복하지 않을까?"

"……그, 그렇기는 하지."

"그러니까 얼른 가서 선물 주고 마음이 있다는 거 좀 밝히라고."

"그, 그럴까? 하하하."

정호 형은 머리를 긁적이며 누각 쪽으로 향했다.

품에 손을 넣은 것을 보니, 역시나 진 소저에게 줄 선물을 가지고 온 모양이었다.

그때 저 멀리 낯익은 누군가가 보였다.

사부님이다.

나는 얼른 그곳으로 달려갔다.

"오셨습니까?"

사부님께서는 나와 본인이 사제지간임을 되도록 알리지 말라고 하셨다.

해서 가볍게 고개만 숙였다.

"일찍 온다고 했는데 오다 보니 일이 생겨서 좀 늦었습니다."

"아닙니다. 와 주셔서 감사합니다."

나는 아래쪽 연회장을 가리키며 말했다.

"사모님과 아이들은 다섯 번째 줄, 세 번째 쪽에 있습니다."

"알려 주셔서 감사합니다."

"그럼 즐거운 시간 되세요."

사부님은 가족이 있는 곳으로 향하셨다.

그런데 내 코에 뭔가 희미한 냄새가 스쳤다.

어? 이건 피 냄새인데?

나는 사부님을 보았지만, 잡지는 못했다.

가서 "사부님께 피 냄새가 납니다."라고 할 수는 없는 일이니까.

그런데 대체 뭐 때문에 피 냄새가 나는 거지?

표정을 봐서는 별일은 없었던 듯한데.

잠시 의문을 가졌지만, 다른 손님을 맞아야 했기에 일단 넘겼다.

인사를 하며 시간을 보낼 때 제갈세가의 태상가주가 나를 찾아왔다.

"즐거운 시간 보내고 계신지요?"

"덕분에 즐겁네. 그런데 유 아우는 어디에 있나?"

유 아우는 저번에 태상가주와 호형호제하기로 한 유 총관을 말했다.

"내총관님은 지금 아래쪽 연회장에 있습니다."

"왜 이곳이 아니라?"

"그곳이 편하다고 하셔서 말입니다. 그리고 내총관님이 현재 맡고 계신 아이도 있고 해서요."

"아, 그렇군. 그러면 내 직접 가야겠군."

네?

직접 가신다고요?

그럼 그곳에 있는 분들이 엄청 불편해하실 텐데?

그럴 바에는 차라리 내 별당에 따로 상을 차려 드리는 게 나을 듯싶었다.

하여 나는 얼른 그 뒤를 따랐다.

우리는 곧 유 총관이 있는 곳에 도착했다. 어느새 그 앞에는 사부님이 앉아 함께 식사를 하고 계셨다.

"아우! 여기에 있었는가?"

"아! 태상가주님!"

유 총관은 태상가주를 보자 얼른 일어나 예를 갖추었다. 그 모습에 태상가주는 못마땅한 표정으로 고개를 저었다.

"에잉! 우리 호형호제하기로 한 거 잊었는가?"

"아닙니다! 제가 어찌 잊겠습니까?"

"그럼 불러 보게. 형님, 하고 말이야."

"네, 형님."
"좋구먼! 하하하!"
유 총관은 석일송에게 말했다.
"내 의형님 되시는 분이다. 인사드리거라."
"내총관님 밑에서 공부하고 있는 석일송이라고 합니다."
"그래그래, 참으로 총명해 보이는구나."
태상가주는 유 총관 앞에 있던 사부님을 보며 고개를 갸웃했다.
"자네는?"
"창인표국에서 표두로 있는 곽명현이라고 합니다. 제갈세가의 태산을 뵙게 되어 영광입니다."
사부님이 포권하며 공손히 예를 표했다.
그를 따라 곽형진과 곽준하도 포권하여 인사했다.
"그런데, 표두라고?"
"그렇습니다."
뭔가 분위기가 심상치 않았다. 나는 얼른 옆으로 가서 조용히 덧붙였다.
"제 검술 스승님이십니다."
"그렇군. 소단주의 성취가 나이답지 않게 높은 이유를 이제야 알겠군."
사부님은 고개를 저으며 말했다.
"소단주님의 자질이 뛰어나기 때문입니다. 제가 한 건

없습니다."

"그런 겸양은 관두세나. 내 눈은 속일 수 없으니."

"……."

진지해진 분위기에, 부드럽게 웃으며 끼어들었다.

"여기서 이러지 마시고, 제 별당으로 모시겠습니다. 이번에 새로 별당을 받았습니다. 별당 자랑도 할 겸 모시고 싶습니다."

내 말에 태상가주가 머쓱한 표정을 지었다.

"이런, 우리가 이곳의 이들을 불편하게 했나 보군."

나는 그저 빙그레 웃었다.

긍정의 의미다.

"모시겠습니다."

나는 팔갑에게 부탁하여 유 총관과 태상가주님을 모시라고 했다.

사부님은 그들과 함께 계시는 것이 불편해 보여서 따로 모시려고 했다.

그런데 유 총관이 말했다.

"곽 표두도 함께 가도록 하죠. 할 말이 있습니다."

태상가주도 선선히 고개를 끄덕였다.

"그렇게 하도록 하지."

그렇게 사부님 가족도 내 별당으로 가게 되었다.

유 총관이 사부님께 무슨 이야기를 하려고 하는 거지?

팔갑을 따라 내 별당으로 가는 모습을 보니, 곽형진과

석일송은 함께 나란히 걷고 있었다.

나이가 같다 보니 어느새 친해진 듯했다.

그때였다.

"서호 소단주님! 큰일입니다!"

다급하게 달려온 이는 정호 형의 시종이다.

"무슨 일인가요?"

"누각 쪽에서 일이 터졌습니다."

"네?"

이쪽 일을 수습했더니, 이제는 누각 쪽에 일이 터지는군.

황급하게 누각 쪽으로 향하니, 정호 형이 화가 나서 씩씩거리고 있었고, 그 맞은편에는 흠뻑 젖은 청년이 서 있었다.

그 청년을 본 나는 속으로 한숨을 내쉬었다.

'아, 저 개망나니가…….'

이전 삶에서부터 또렷하게 기억나는 놈이다.

그의 이름은 위승저.

위씨무관을 운영하는 관주의 아들이다. 그런데 망나니도 그런 개망나니가 없었다.

허구한 날 술 처먹고 상가에서 깽판을 치곤 했다.

수습하기 어려운 남가가 아닌, 서민들이 자주 찾는 동가의 상가에서 말이다.

그걸 보면 강자에겐 약하고 약자에겐 강한 비겁한 놈이라는 것을 알 수 있었다.

위씨무관을 운영하는 관주는 호랑이었다.

반면, 그 아들은 개새끼였다.

호부 아래 견자 없다고 하지만, 그 말이 꼭 맞는 건 아님을 증명한 사례가 위씨무관의 관주와 그 아들이다.

제법 잘된 제자들이 많고 또 관주의 인망도 두터워서, 그 아들인 위승저가 사고를 쳐도 지금까지 별문제가 없던 것이기도 했다.

하지만 위씨무관의 관주는 병에 걸렸다.

지지리도 속썩이는 아들을 보며 술로 화를 달래다가 결국 속병을 얻은 것이다.

결국 관주가 죽고, 관주의 자리는 독자인 위승저가 물려받았는데 그때부터 사달이 나기 시작했다.

마음에 두고 있던 진소미 소저에게 혼사를 제안한 것.

물론 진소미에게 위승저가 마음에 찰 리 없었다. 하여 진 소저의 부모도 혼사 제안을 거절했다.

거절당한 위승저는 앙심을 품고 그때부터 손을 쓰기 시작했다.

금전적으로 진씨무관을 압박하고, 친하게 지내던 삼류사파 무인들을 풀어 진씨 가족들을 괴롭힌 것이다.

결국, 진씨무관은 문을 닫아야 했다.

무관을 향한 위승저의 압박 때문에, 주변 점포들마저 피해를 입는 것이 싫어서 그리한 것이다.

그리고 은해상단에 빌린 돈을 갚지 못하고 그대로 야반

도주해 버렸다.

그들이 다시 모습을 나타낸 건 그로부터 오 년 후였다.

그들이 돈을 벌기 위해 했던 건 낭인 일이었다.

실력도 있고 인덕도 있는 부녀였기에 무리를 이끌게 되었다.

이제는 위승저의 사주로 인한 압박에도 굴하지 않을 수 있게 되자 돌아온 것이다.

그리고 진씨 부녀는 은해상단에 빌린 돈을 갚았다.

무리를 이끌게 되었다지만, 여자의 몸으로 낭인 일이라니!

고초도 그런 고초가 없었을 것이다.

그때까지 진소미 소저는 혼인하지 않았고, 정호 형 역시 혼인하지 않고 있었다.

진 소저가 그동안 겪었던 고초에, 정호 형은 무척이나 마음 아파했다.

아무튼, 정호 형은 진소미 소저와 혼인하기 전까지 술만 마시면 전우진 무사가 죽은 일과 함께 그녀에 대한 이야기를 하며 하소연하곤 했다.

그녀가 부담을 느낄까 봐 돈을 빌려주는 것 외에는 도울 수 없었음을 자책했다.

그냥 앞에 나서서 '내 여자니까 건들지 말라고!' 그렇게 선언하고 나설 것을 그랬다면서 말이다.

사실 진씨무관에 빌려준 돈은 결코 적지 않은 액수였다.

그것만으로도 정호 형은 크게 애를 쓴 것이다.

진씨무관이 담보로 제시한 것보다 훨씬 많은 돈을 소단주였던 자신의 권한으로 빌려준 거니까.

그 술주정 들어 주는 거 진짜 힘들었지.

"무슨 일입니까?"

"아! 서호 소단주!"

내 물음에 정호 형을 말리던 이들 중 하나가 나에게 말했다.

홍낭상단의 한백건 공자다.

"그게 말이지…… 나도 잘은 모르네. 우리가 본 건 정호 공자가 위승저 소협을 연못에 빠트렸다는 것뿐이라서. 그리고 주먹질하려는 걸 지금 막고 있는 것이네."

나는 한숨을 내쉬며 끼어들었다.

"형님, 대체 무슨 일입니까?"

"너에게는 미안하다. 하지만 나는 참을 수 없었다. 저 자식이 진소미 소저를 희롱했단 말이다!"

"네?"

나는 위승저를 보았다.

내 시선에 위승저는 여전히 싹수없는 말투로 말했다.

"희롱이라니, 너무하는군. 나는 그저 진 소저에게 춘부장의 안부를 물었을 뿐인데 말이지."

나는 위승저의 말이 거짓임을 알 수 있었다.

아버지의 안부를 들었다고 진 소저가 저런 표정일 리 없으니까.

"무슨 그런 거짓말을!"

"그럼 제가 뭐라고 했습니까?"

"그건……."

정호 형은 대답하지 못했다. 나는 형이 왜 대답하지 못하는지 알 것 같았다.

자신의 입으로 차마 말할 수 없을 테니까.

자신이 그 말을 내뱉으면 그게 진 소저에게 또다시 상처가 될 테니까.

그건 진 소저도 마찬가지일 터.

"이래서는 누구의 말이 진실인지 알 수 없군요."

내 말에 위승저가 말했다.

"그럼 해결 방법은 간단하지. 한판 붙자고. 우리 쪽에서는 그게 가장 간단한 방법이니까."

역시 내 생각대로 나왔다.

위승저는 개망나니임에도 검술 실력이 제법 있었다.

그러니 저렇게 자신 있게 나서는 것일 터.

그의 제안에 정호 형이 말했다.

"좋습니다. 그렇게 하죠!"

그리 말하는 정호 형에게는 비장함이 느껴졌다.

아이고, 형…….

아니야,

형은 저 새끼에게 두들겨 맞는다고.

아무리 외총관께 무공을 배운다고는 하지만, 호신술 개념으로 배우는 것과 체계적으로 파고드는 것은 그 성취가 다른 법이다.

나는 예외지만.

그리고 나는 정호 형과 위승저의 수준을 알기에 결과도 예상되었다.

아무튼, 순식간에 판이 만들어졌다.

위승저는 그 가운데 서서 껄렁껄렁한 표정으로 정호 형을 보고 있었다.

비무를 막아도 문제고, 막지 않아도 문제고.

그때, 내 눈에 초조한 표정으로 그 모습을 바라보는 진소미 소저가 보였다.

아!

좋은 생각이 떠올랐다.

나는 그녀에게 다가가 작은 목소리로 말했다.

"저희 형이 걱정되시죠?"

"그게, 제가 못나서 폐를 끼치게 되었습니다. 송구합니다."

"그런 말씀 마세요. 잘못은 저 위 소협이 했지, 소저와 저희 형은 모두 잘못한 것 없습니다."

"말씀만으로 감사하네요."

"사실은 말입니다. 저희 형이 진소미 소저를 연모합니다."

"네?"

"그래서 북경에 갔다가 소저에게 준다고 머리꽂이도 사 왔습니다. 쑥스러워서 아직 주지 못했지만요."

"아……."

진 소저의 얼굴이 붉어졌다.

"소저도 예상하시겠지만, 이대로 비무가 시작되면 저희 형은 좀 많이 맞을 겁니다."

"그렇겠죠."

"그런데 말입니다. 모욕을 당한 건 소저입니다. 아니 그렇습니까?"

"……."

"그렇다면 직접 그 모욕을 씻는 게 좋다고 생각합니다. 다른 이의 손을 빌리는 것이 아니라 직접 말입니다. 진 소저는 아니 그러십니까?"

내 물음에 진소미 소저가 대답했다.

"맞아요. 하지만……."

"그 후환이 걱정되시죠?"

그녀는 작게 고개를 끄덕였다.

그럴 수밖에 없었다.

진씨무관은 동네의 소규모 무관이었고, 위씨무관은 그보다 몇 배는 더 컸으니까.

"그건 걱정하지 마십시오. 제가 확실하게 막아 드리겠습니다. 이곳에는 제갈세가의 태상가주님도 계십니다.

저, 태상가주님과 제법 친합니다."

사실 태상가주의 이름을 빌리지 않아도 저 개망나니 새끼를 처리하는 건 간단했다.

하지만 신뢰를 줘야 했으니까.

나는 말을 이었다.

"한 가지만 대답해 주십시오. 저희 형, 어떻습니까?"

내 물음에 진 소저의 얼굴이 붉어졌다.

"연모하고…… 있어요."

진 소저의 말대로, 이전 생에서도 그녀 또한 정호 형을 마음에 두고 있었다.

그러니 낭인으로 떠돌던 오 년 동안 혼인하지 않고 있다가 정호 형의 청혼을 받아들인 것이다.

그냥 일찌감치 서로의 마음을 인정하고 혼인했으면 서로 그런 고생은 하지 않아도 되었을 텐데 말이지.

"잘되었네요."

내 말에 진 소저가 물었다.

"그런데 정말인가요? 정말 정호 소단주님이 저를……."

"사실 정호 형님이 참으로 진중한 성격입니다. 그런 형이 저 위승저 소협을 밀어서 연못에 빠트렸습니다."

"아……."

"그런 저희 형님이 위승저 소협에게 두들겨 맞는다니! 지켜보기가 참 힘들 것 같네요."

그리 말하며 살짝 고개를 떨구었다.

진소미 소저는 한숨을 내쉬었다. 그러고는 궁장의 겉옷 안에서 무언가를 꺼냈다.

검이다.

아니, 검을 가지고 다니는 거였어?

나는 그냥 상단에 있는 적당한 검 하나 빌려주려고 했는데.

역시 무가의 딸이다.

"저 역시 정호 소단주님이 저런 자에게 맞는 건 용납하지 못할 것 같네요."

진 소저는 그렇게 말하곤 위승저 소협에게 다가갔다.

그 모습에 놀란 정호 형이 외쳤다.

"진 소저!"

"이번 비무, 저에게 양보해 주셨으면 합니다. 모욕을 당한 건 접니다. 그 모욕은 제 스스로 씻고 싶습니다."

"아……."

그녀의 단호한 말에 정호 형은 고개를 끄덕였다.

"알겠습니다만…… 괜찮으시겠습니까?"

"네."

그녀의 대답에 위승저 소협은 기가 찬다는 표정으로 진소미 소저를 보았다.

"소저, 지금 뭐 하는 겁니까? 저를 놀리는 겁니까?"

"아닙니다. 저는 진지하게 위 소협에게 비무를 청하는 바입니다. 제 아버지와 저를 모욕했으니 무인이라면 응당 검으로 그 모욕을 씻는 것이 무림의 법도지요."

멋지다!

역시 형수님이십니다!

"서호 소단주님 덕분에 망설임을 깨고 나왔을 뿐입니다. 제 비무를 거절하시는 겁니까?"

"……."

"여자에게 지고 질질 짜기 싫어서 그러십니까? 평소 술 먹고 약한 자들에게 검을 들이미시던데, 저에게는 아니 그러시는 겁니까? 왜, 술이 아직 부족하신가요?"

진 소저의 도발은 아주 훌륭했다.

그녀의 말에 위승저 소협이 발끈했다.

"좋습니다! 여자라고 봐주지 않습니다! 후회하지 마십시오!"

그가 기수식을 취했다.

그를 따라 진 소저 역시 기수식을 취했다.

순식간에 공기가 가라앉았다.

매서운 기세가 주변을 지배했다. 그리고 기가 약한 몇몇 이들은 오들오들 떨었다.

그렇게 대치가 이어지던 순간,

탓!

그 둘의 신형이 서로를 향해 튀어 나갔다.

그리고 냉병기 부딪치는 소리가 요란하게 들렸다.

챙챙챙챙!

챙챙!

까가강!

"서로 호각인가?"

"표정을 보니…… 아닌데?"

구경하는 이들의 말대로, 호각으로 보였지만 호각이 아니었다.

내 눈에는 저들의 실력이 보였다.

위승저는 낭패했다는 표정이었지만, 진 소저의 얼굴에는 그 어떤 표정도 드러나지 않았다.

진 소저가 검을 잘 배웠음을 알 수 있었다.

지금 진 소저의 실력은 위승저 소협보다 월등했다. 하지만 진 소저는 상대를 얕보지 않고 착실하게 상대하고 있었다.

내가 진소미 소저를 끌어들인 이유가 있다.

진씨무관에서 은해상단에 빌린 돈은 상당했는데, 그 돈을 낭인으로 일해서 오 년 만에 갚았다.

부녀가 함께 번 돈이지만, 그건 낭인으로 일을 해도 살아남을 만큼 실력이 뛰어나다는 의미다.

현재 알려지지 않았을 뿐이지, 진 소저의 실력은 일류 초입이다.

진 소저의 나이는 현재 열여덟.

명문세가의 자제들은 나이 열여덟에 절정에 오르곤 하지만, 그건 다 영약이나 어릴 때부터의 가르침 덕분이다.

태어나자마자 별모세수를 하고 영약을 먹고 절세의 무공을 전수받았으니 그런 결과가 나오는 것이다.

하지만 진 소저의 가문은 가난한 무관이다.

그런 곳에서 저 나이에 저 정도의 경지에 올랐다는 건 재능이 뛰어나다는 의미다.

챙-!

까앙-!

진 소저의 검이 위승저 소협의 검을 날렸다.

어느새 그의 목에 그녀의 검이 닿아 있었다.

"더 하시겠습니까?"

그녀의 매서운 물음에 위승저 소협이 침을 꿀꺽 삼키며 대답했다.

"져, 졌습니다."

"사과하십시오."

그녀의 요청에 위승저 소협은 잡아뗐다.

"나, 나는 사과할 만한 말은 하지 않았……."

아직 정신 못 차렸네.

그때 진 소저가 말했다.

"제 아버지의 능력으로 저를 부잣집에 시집보낼 수도 없는데 뭐 하러 이런 곳에 와서 얼굴을 들이밀고 웃음을 파느냐고 하셨죠? 그냥 자신에게 다가와 슬쩍 치맛자락을 들어 올리면 못 본 척 첩실로 삼아 줄 텐데 왜 이런 수고를 하냐고요."

그 말에 주변 사람들이 깜짝 놀라며 위승저 소협을 보았다. 그러고는 그를 욕하기 시작했다.

"정말 그렇게 말했다고?"

"어떻게 그런 심한 말을!"

"정호 소단주가 화를 낼 만도 하네."

"나 같으면 주둥이를 날려 버렸을 텐데."

와, 미친놈.

어떻게 진 소저에게 그런 더러운 말을!

진짜 개망나니 잡놈이었구나!

정호 형이 저 개망나니를 연못에 밀어 버린 것이 당연했다.

진 소저가 날카롭게 물었다.

"사과, 안 하실 건가요? 제가 이겼는데요?"

그녀의 물음에 결국 위승저 소협이 사과했다.

"미, 미안하오. 내가 실언을 했소."

그제야 그녀는 그의 목에서 검을 뗐다.

그때 안절부절못하며 상황을 보던 두 명의 중년 남자가 뛰어 들어왔다.

그들은 각각 위승저 소협의 아버지와 진소미 소저의 아버지다.

"소미야!"

"아버지, 죄송합니다. 제가 사고를 치고 말았습니다."

그 말에 진 관주는 딸의 어깨를 두들겼다.

"미안하구나. 이 못난 아비 때문에……."

방금 말을 그도 들은 것이다.

위승저 소협이 자신과 자신의 딸을 어찌 모욕했는지 말이다.

그때 위승저 소협의 아버지가 그들에게 고개를 숙였다.

"정말 죄송합니다. 제가 아들 교육을 엉망으로 해서…… 정말 죄송합니다."

위 관주님은 정말 좋은 분인데…….

위 관주님의 얼굴을 보니 안색이 상당히 좋지 않았다. 이미 몸이 좋지 않다는 의미일 터.

하지만 위승저는 자신이 무슨 잘못을 했는지 잘 모르겠다는 표정이다.

그 사과에 진 관주는 한숨을 내쉬었다.

괜찮다고 하기도 그렇고, 괜찮지 않다고 하기도 뭣한 상황이니까.

"돌아가자꾸나."

진 관주의 말에 진 소저는 그 뒤를 따랐다.

아직은 가면 안 되는데?

정호 형! 정말 이대로 이렇게 보낼 거야?

이러면 내가 월하노인 노릇 한 건 헛것이 되어 버린다고!

그때 뭔가 결심한 듯 정호 형이 크게 외쳤다.

"진소미 소저!"

그 외침에 그녀와 진 관주가 고개를 돌렸다.

정호 형은 그녀에게 다가갔다.
"멋졌습니다."
"저, 정말요?"
"네."
"조신하게 있으려고 했거든요. 그런데……."
"제가 소저를 처음 마음에 담았던 건 소저가 검술을 수련하는 모습을 봤을 때였습니다."
"아……."
정호 형은 품에서 머리꽂이를 꺼냈다.
"이런 자리에서 드리게 되어 죄송합니다. 제가 북경에 갔을 때 소저 생각이 나서 선물을 사 왔습니다."
"예쁘네요."
정호 형은 진 관주를 보더니, 결심한 듯 허리를 숙이며 말했다.
"은해상단의 은정호입니다!"
"진씨무관의 관주 진진학입니다."
"지금 제가 드리는 말씀은 한 순간의 치기도 아니며, 경솔한 발언도 아닙니다. 지금 무척 진지하게 드리는 말씀입니다."
정호 형은 크게 외쳤다.
"따님을 제게 주십시오! 진소미 소저와 혼인하고 싶습니다!"
그곳에 있던 이들뿐만 아니라 나도 깜짝 놀랐다.

정호 형에게 저런 박력이 있었어?

이 자리에서 '따님을 주십시오!'라니!

하지만 진 관주는 당황하지 않고 침착하게 딸을 바라보며 물었다.

"너는 어떠냐?"

"사실은, 소녀도 은정호 소단주님이 싫지 않습니다."

사람들이 수군거렸다.

"그런데 괜찮나? 은해상단은 소금 소매권까지 가진 큰 상단이고 진 소저의 가문은 그저 그런 작은 무관인데?"

"그러게……."

"은해상단의 장남이자 상단주가 될 사람인데, 상단에 도움이 될 사람과 혼인하는 게 낫지 않아?"

은해상단은 정략혼을 하지 않았다.

혼인을 이용해서까지 상단을 키운다는 건 능력이 없음을 드러내는 것이라 여겼기 때문이다.

하지만 대부분 사람들의 생각은 그렇지 않은가 보다.

지금 진진학 관주의 표정이 어두운 것도 다른 이들과 마찬가지로, 그런 것을 염두에 두었기 때문이겠지.

그때였다.

"여아의 집이 한미한 것이 문제라면, 내가 뒷배가 되어주도록 하지."

그 목소리에 나는 깜짝 놀랐다.

제갈세가 태상가주님의 목소리였기 때문이다.

고개를 돌려 보니 그곳에 태상가주님이 서 계셨다. 그리고 그 옆에는 유 총관과 사부님도 계셨다.
"태상가주님."
내 말에 태상가주는 나를 보며 말했다.
"문곡당으로 가던 도중에 구경거리가 있다는 말에, 이곳으로 발걸음을 돌렸지. 참으로 흥미로웠다."
나는 머리를 긁적였다.
그러면 내가 진소미 소저에게 나서라고 설득한 것도 보셨겠구나.
"소저에게 그런 추잡한 말을 내뱉는 무가의 자제가 있다는 것도 놀랍지만."
태상가주님의 시선이 위승저 소협에게 닿자, 그의 얼굴은 순식간에 새하얗게 질리고 말았다.
그리고 그 자리에 털썩 주저앉아 덜덜 떨었다.
그 앞에서 위 관주는 고개를 숙이고 연신 잘못을 빌었다.
"정말 죄송합니다. 죄송합니다."
참 못 볼 꼴이군.
태상가주님은 싱겁다는 듯 고개를 돌렸다.
"여아의 실력은 더욱 놀랍군. 그래, 여식의 나이가 몇인가?"
그 물음에 진진학 관주가 대답했다.
"올해 열여덟입니다."
"그 나이에 그런 수준이라니! 충분히 내 후원을 받을

자격이 있지."

태상가주님의 말에, 뒤에 계시던 사부님이 고개를 끄덕이셨다.

사부님도 인정할 만한 재능이라는 거구나.

"그래, 은 상단주의 생각은 어떤가?"

태상가주님이 고개를 돌리자 그 시선이 닿은 곳에 아버지가 계셨다.

"저는 둘만 좋다면 상관없습니다."

아버지의 허락은 예상했었다.

내가 겪었던 지난 삶에서도 부모님께서는 별말 없이 허락하셨으니까.

"그렇다는군."

이제 내가 나설 차례다.

"그럼 정호 형님과 진소미 소저께서는 현재 혼약을 하셨다고 해도 무방하겠군요."

"아!"

"……."

내 말에 두 사람의 얼굴이 붉어졌다.

"뭐 해, 형? 머리꽂이 직접 꽂아 드려."

내 말에 형은 아직 자신이 들고 있던 머리꽂이를 한 차례 바라보고는 진소미 소저에게 말했다.

"제가 직접, 꽂아드려도 되겠습니까?"

그 말에 진소미 소저의 얼굴이 빨개졌다.

남녀 사이에 머리꽂이를 꽂아 준다는 건, 혼인을 약속하거나 혼인한 사이에서만 가능한 일이었으니까.

"네……."

그녀의 대답에 정호 형은 진 소저의 머리에 머리꽂이를 해 주었다.

"예쁘십니다."

정호 형은 소저에게 손을 내밀며 말했다.

"먼저 물어봤어야 했는데, 죄송합니다. 늦지 않았다면 지금이라도 말하고 싶습니다."

정호 형은 침을 꿀꺽 삼켰다.

"혼인하고 싶습니다. 저와 혼인해 주시겠습니까?"

그녀가 고개를 끄덕였다.

그 순간 그 모습을 보던 이들 사이에서 환호가 터져 나왔다.

"와!"

"잘됐네!"

"정말 잘됐습니다!"

나는 고개를 끄덕였다.

순식간에 주인공은 내가 아닌 저 둘이 되었지만, 나는 불만이 전혀 없었다.

오히려 기뻤다.

지난 삶에서와 달리, 이번에는 두 사람이 사람들이 축복하는 가운데 혼약을 하게 되었으니까.

이렇게 공개적으로 혼약을 했으니 앞으로 진소미 소저, 아니, 형수님에게 추파를 던지거나 찝쩍거리는 놈은 없겠지.

 월하노인 노릇을 한 보람이 있었다.

 나는 죄인처럼 고개를 푹 숙이고 있는 위 관주를 슬쩍 보았다.

 아들 잘못 둔 죄로 저러고 있는 것을 보니 뭔가 씁쓸했다.

 솔직히 위승저 녀석은 저 개망나니 같은 성정만 아니면 나름 쓸 만하긴 한데…….

 어릴 땐 착했다고 한다. 하지만 어느 순간 개망나니가 되었다고.

 삼류 사파인들과 어울리더니, 어느 날 갑자기 실종되었다.

 그리고 위씨무관은 그 사파인들의 소굴이 되었었지……?

 잠깐.

 이거 뭔가 냄새가 나는데?

 그나저나 저 개망나니는 어떻게 갱생 못 시키나?

 아!

 순간 내가 알고 있는 뭔가가 떠올랐다.

 갱생 전문 학관이라 불리는 한 학관이 있었다.

 입관하기만 하면 몇 년 후 새사람이 되어서 나온다고 했다.

 그곳에서 새사람이 된 자 중에는 내가 아는 이들도 몇몇 있다.

그들이 학관에 대해 말할 때면 몸서리치곤 했지만, 그들을 보니 효과는 아주 좋았다.
 내 기억에 의하면 지금 그 학관은 운영 중이다.
 위 관주가 속병으로 죽기 전에 저 개망나니를 하루빨리 그 학관에 처넣어야 할 것 같았다.

 제갈세가의 태상가주가 유 총관에게 말했다.
 "상황도 마무리된 것 같으니, 우린 가서 시문을 나누도록 하세나."
 "네, 형님."
 "그리고 서호 소단주. 저 여아에게는 내가 나중에 보잔다고 전해 주게."
 역시 허언은 하지 않으시는 분이다.

 .
 .
 .

 나의 소단주 공표식이 끝났다.
 공표식은 끝났지만, 연회가 끝난 것은 아니다.
 워낙 오가는 길이 멀다 보니 연회는 계속해서 이어지는 것이다.
 그날 저녁, 아버지와 진진학 관주는 서로 만나 이야기를 나누었다.
 그리고 다음 날 아침 식사 시간.

아버지는 가족들에게 선언하셨다.

"정호의 혼인은, 닷새 후에 하기로 했다."

"……네?"

나는 깜짝 놀라 되물었다.

"닷새 후에요?"

"서로 혼기가 찼으니 혼인을 미루는 것도 좋아 보이지 않아서 말이다."

하긴, 정호 형은 지금 스무 살이다.

혼인을 하기에 그리 빠른 것도 아니다.

"그리고 서호의 소단주 공표식 때문에 오신 분들이 혼인을 축하하러 다시 오시는 건 번거로울 것 같아서 말이지."

중원은 매우 넓다.

인근 지역에서 온 사람들은 괜찮겠지만, 멀리서 온 사람들은 다시 오기 힘들다.

이동 시간도 시간이지만, 치안 때문에 무사들도 함께 움직여야 했으니까.

집에 따로 무사가 없으면 표국에 의뢰를 해야 했고.

그러니 비용도 많이 들었다.

즉, 이왕 결혼하기로 한 이상 손님들이 은해상단에 와 계신 지금 하겠다는 거다.

그저 내 예상보다 무척 빨라서 살짝 놀랐을 뿐이다.

"그런데 닷새 뒤라니, 혼인 준비를 오 일 만에 할 수 있는 겁니까?"

진호 형의 물음에 조부님이 대답하셨다.
"불가능하지 않지. 아직 서호의 소단주 공표식 때 준비한 물품들을 치우지 않았으니까."
"그걸 조금만 손보면 혼인 준비야 뭐."
조부님과 어머니의 대답에서, 이번 혼인에 대해 이미 세 분은 의논을 끝내셨음을 알 수 있었다.
"그래서 정호야, 네 의견은 어떠니?"
그 물음에 정호 형은 붉어진 얼굴로 대답했다.
"빨라서 좋네요."
그 대답에 우리는 하하 웃었다.
"그럼 그렇게 진행하도록 하겠다."
"네."
그날부터 정호 형의 혼인 준비가 시작되었다.

아침을 먹은 후, 나는 분주하게 움직였다.
은월각 회의에 참석해야 했기 때문이다.
그전에는 공밀의 고용주로서, 자무인형과 관련된 회의만 참석했었다.
그리고 그 회의는 보통 비정기적인 회의였기에, 회의에 참석하는 시간도 제각각이었다.
하지만 원래 은월각 회의는 매일 아침마다 있다.
이제는 정식으로 소단주가 되었기 때문에 나 역시 매일 아침 회의에 참석한다.

잠시 후, 은월각에 도착한 나는 건물을 올려다보았다.

뭔가 감회가 새로웠다.

지난 삶에서와 달리, 이 건물을 보며 느꼈던 것과 지금 느끼는 건 달랐다.

그땐 뭔가 인정받았다는 기쁨과 새로운 출발이라는 두근거림이 있었다면, 지금 내가 느끼는 건 각오다.

이번에는 내가 겪었던 은해상단의 최후를 막겠다는 각오, 천하제일상단으로 세우겠다는 각오 말이다.

눈을 감고 그 각오를 되새긴 나는 눈을 떴다.

그러고는 은월각 안으로 발걸음을 내디뎠다.

"어서 오십시오."

은월각에 먼저 와서 기다리고 있던 세풍각의 적병철 각주가 인사를 했다.

"아, 적 각주님. 먼저 와 계셨군요."

"소단주가 되신 것 감축드립니다."

"감사합니다."

"소단주님께서 밝히셨던 포부, 아직 변하지 않으셨습니까?"

"네?"

"소단주님께서 제게 말씀하셨죠. 이 은해상단을 천하제일 상단으로 만들겠다고 말입니다."

아, 그때 내가 했던 말을 말씀하시는 거구나.

적 각주는 다시 물었다.
"그 포부는 변하지 않으셨습니까?"
"아직 기억하시는군요."
"늙으니 기억력만 더 좋아지는군요."
"그건 제 포부이자 각오이기도 합니다. 쉽게 변하겠습니까?"
"그렇군요."
"각주님이야말로 그때 약속하신 거, 잊지 않으셨죠?"
 그때 적 각주는 나에게 뭐든 한 가지 질문에 대해서 답을 해 주겠다고 했다.
 내 물음에 적 각주는 빙그레 웃었다.
"소단주님도 기억력이 좋으시군요."
"저는 원래 기억력이 좋아서요."
"물론 기억하고 있습니다. 그리고 기대하고 있습니다. 과연 어떤 질문으로 저를 즐겁게 할지 말입니다."
"하하하."
"그나저나 월하노인 역할을 제법 잘하시더군요."
"아……."
 역시 적 각주님이다.
"잘하셨습니다."
 어…… 칭찬받았다.
 이건 예상 못 했는데.
 그때 은월각 안으로 고일평 외총관이 들어왔다.

"하하하! 무슨 이야기를 그리도 즐겁게 하고 계셨습니까?"

아침부터 활력이 넘치시네.

"아! 외총관님 오셨습니까?"

"외총관 오셨구려. 그냥 담소 중이었소."

그 뒤를 이어 다른 이들도 차례차례 들어왔고, 각자의 자리에 앉았다.

은월각의 탁자는 백색 원탁이다.

아버지를 중심으로 오른편에 정호 형이, 그 옆에는 내가 앉았다.

아버지의 왼쪽으로는 내총관, 외총관, 그리고 연 각주와 적 각주가 앉았다.

"우선, 정호의 혼인날이 정해졌네."

"아! 드디어 혼인하시는군요!"

"정말 눈물 없이 볼 수 없는 청혼이었습니다."

사실 정호 형이 청혼할 때 이곳에 계신 분들도 그 모습을 보고 계셨다.

당연했다.

소단주이자 상단주가 될 정호 형과 관련된 사건이었으니까.

"부끄럽습니다."

정호 형의 얼굴이 붉어졌고, 그걸 보며 연 각주가 호호 웃었다.

"우리 정호 소단주님, 그런 박력은 없는 줄 알았는데,

다시 봤다니까요."

"하하하하."

정호 형을 놀리는 데 진심이신 분이었다.

그때 외총관이 말했다.

"그런데 진 소저의 무공이 그렇게 출중할 줄은 몰랐습니다. 벌써 일류 초입이라니 말입니다."

"가난한 무관이라 따로 지원도 없었을 터인데 말이죠."

여기 있는 이들 모두 진소미 소저의 무공을 인정하는 분위기였다.

모두 아는 것이다.

명문세가나 구대문파의 후기지수들의 무공이 뛰어난 건 각종 지원을 받았기 때문이라는 것을.

다시 말하지만, 일류 무사가 된다는 건 재능이 있어야 했다.

그러니 평범한 사람은 아무리 노력해도 평생 이류 정도에 그칠 뿐이다.

하지만 뛰어난 재능이 있다면 그 내공을 쌓는 시간을 확연히 줄일 수 있다.

여기서 각종 영약들과 절세의 비급들이 더해져서 그 기간을 줄이고 더 줄이는 것이다.

하지만 내공만 많다고 해서 강자라고 할 수는 없었다.

중요한 건 깨달음이었다.

깨달음을 얻은 이류 무사가 깨달음을 얻지 못한 일류

무사를 깨부수는 건 이상한 일이 아니다.

즉, 내공과 깨달음의 균형이 맞아야 강한 무인이 될 수 있다.

아무튼 진 소저의 재능은 양쪽 모두 뛰어났다.

그러니 제갈세가의 태상가주가 선뜻 후견인이 되어 주겠다고 한 거다.

지난 삶에서 진 소저, 아니, 형수님은 혼인 후에도 검을 놓지 않았다.

내가 죽었을 때 즈음에는 이미 절정의 경지에 이르렀을 정도.

그래서 안타까웠다.

만약 더 어린 나이에 영약을 먹었다면.

마음 놓고 검술을 수련할 수 있는 환경이 주어졌다면.

그랬다면 내가 죽기 전에 형수님은 절정의 벽을 넘어 초절정이 되었을 거다.

종내, 화경까지 바라보셨을 터.

그랬다면 무림맹에게 그렇게 허무하게 당하지는 않았을 텐데.

아무튼, 우리 정호 형은 이제 어디 가서 누구에게 맞고 다닐 일은 없겠네.

"제가 진 소저를 평가하는 건 아니지만, 그 실력을 지금까지 숨기신 것만 봐도 됨됨이는 충분합니다."

외총관은 형수님을 무척 마음에 들어 했다.

지난 삶에서도 외총관은 형수님의 뒷배가 되어 주셨지.

"그럼 정호의 혼인에 대해 의논해 보도록 하지. 우선 연 각주는……."

그렇게 혼인 준비에 대해서 논의를 했는데, 생각보다 준비할 건 그리 많지 않았다.

"그럼, 다음으로는 오늘부터 정식으로 은월각 회의에 참석하게 된 서호에게 맡길 일이네."

그 말에 모두의 시선이 나에게 쏠렸다.

"처음에는 은해 포목점을 맡겨 볼 생각이었지."

그 말에 다들 고개를 끄덕였다.

은해 포목점이라…….

내가 지난 삶에서 처음으로 맡았던 일이 은해 포목점이었지.

"서호가 자무인형의 옷을 만들 때 포목점에 방문했던 적이 있네. 그때 포목점주가 말하길…… 능숙했다지?"

아버지의 물음에 연 각주가 고개를 끄덕였다.

"네, 마치 포목들 사이에서 오 년은 구른 듯하다고 했죠."

아…….

그때 나도 모르게 이전에 포목점을 맡았던 경험이 행동으로 나온 모양이다.

그리고 그걸 포목점에서 닳고 닳은 점주가 알아차리지 못했을 리가 없지.

"그러니 포목점을 맡는 건 의미가 없고, 이미 작풍기의 제작 및 생산을 담당하고 있으니…….."

"자무인형의 생산 및 판매에도 관여하고 계시죠."

그때 세풍각의 적 각주가 말했다.

"제가 본 서호 소단주님께서는 마치 바람과 같으십니다."

"네?"

내가 바람이라니?

갑자기 왜 저런 소리를 하시는 거지?

"뭔가 일이 생기면 돌풍처럼 달려가 상쾌하게 일을 해결하십니다. 또한, 봄바람처럼 예기치 못한 이득도 가져오시니 그 모습이 마치 바람처럼 느껴지는군요."

적 각주의 말에 모두 고개를 끄덕였다.

"그래서 이 세풍각주 적병철, 상단주님께 말씀드릴 것이 있습니다."

"무언가?"

"서호 소단주님께 하나의 독립된 단체를 맡겼으면 합니다."

그 말에 아버지는 가만히 생각하시다가 나를 보셨다.

"그래, 서호에게는 그게 더 맞을 수도 있겠군. 어찌들 생각하나?"

아버지의 물음에 모두 고개를 끄덕여 동의했다.

"적 각주님이 그리 말씀하시는 것을 보니, 서호 소단주님이 마음에 들었나 보네요. 호호호."

연 각주의 말에 유 총관이 말했다.

"그만큼 능력이 있으신 분이니까요."

"하긴, 그렇죠."

이거 칭찬 맞지? 이렇게 대놓고 칭찬을 들으니 으, 죽을 맛이었다.

"그럼 모두 동의하는 것으로 하고. 어떠냐? 독립된 단체를 맡아 운영할 수 있겠느냐?"

그 물음에 나는 대답했다.

"네, 할 수 있습니다."

내겐 어렵지 않은 일이다. 열다섯으로 돌아오기 전에도 이미 독립된 단체를 맡아 운영하고 있었으니까.

"이에 대해 필요한 것들은…… 네가 직접 서류를 올리도록 해라. 그에 따라 필요한 것들을 내주마."

"알겠습니다."

.

.

.

정신없는 하루였다.

저녁이 되자 겨우 시간이 났고, 나는 약속을 지키기 위해 공 도공 가족이 지내는 별채로 향했다.

공밀과 공래가 꼭 와 달라고 했고, 나는 가겠다고 했으니까.

"도련님! 아! 이제는 소단주님이라고 해야 한다고 했어요!"

공래의 말에 나는 피식 웃었다.

"그냥 네가 부르고 싶은 대로 불러."

"그래도 지킬 건 지켜야 착한 아이예요."

나는 공래의 머리를 쓰다듬어 주었다.

"공밀은?"

"작업실에 있어요."

나는 공래를 데리고 공밀의 작업실로 향했다. 공밀은 오늘도 작업대 앞에서 뭔가에 집중하고 있었다.

똑똑.

내가 문을 두드리는 소리에 공밀은 고개를 들었고, 이내 활짝 웃었다.

"소단주님!"

"오늘도 작업 중이구나."

"네, 새로운 기물이 떠올랐거든요."

공밀은 환하게 웃으며 대답하고는, 자리에서 일어나 옆에 있던 상자를 내게 내밀었다.

"약소하지만 선물이에요."

"고마워."

상자 안에 담긴 마음이 느껴졌다.

"열어 봐도 되지?"

"네."

나는 상자를 열어 보았다.

'어?'

그런데 그 안에는 내가 본 적 없는 기물이 들어 있었다.

"이건……?"

금(琴)을 타는 모습의 작은 인형이다.

"인형 밑의 받침대를 열 번 정도 돌리고 탁자 위에 놓으시면 돼요."

공밀의 말대로 받침대를 열 번 돌린 후 탁자 위에 놓았다.

그러자 놀라운 일이 벌어졌다.

딴, 따라, 따.

인형이 천천히 돌아가며 금을 연주하는 소리가 들리기 시작했기 때문이다.

"아……."

나는 깜짝 놀랐다.

스스로 금을 연주하다니!

"소단주님이 놀라시는 것을 보니까 기쁘네요. 이건 자악금(自樂琴)이라고 이름을 붙였습니다."

스스로 연주하는 금이라는 뜻이다.

"어떻게 이런 것을 만들 생각을 했어?"

"래가 노래 부르는 것을 들으면서 문득 생각이 났어요. 스스로 춤추는 인형도 있는데, 스스로 연주하는 인형도 만들 수 있을 것 같았거든요."

자악금과 같은 이런 기물을 만들어 내다니!

공밀은 진짜 천재였다.

이 자악금의 가치는 어마어마하다.

그때 공래가 내 옷소매를 잡았다.

"나도 선물 있는데……."

그 말에 나는 빙그레 웃었다.

"맞아. 공래가 노래 불러 준다고 했지?"

"네."

공래는 수줍게 웃다가 어느새 자세를 잡았고 진지한 얼굴로 노래를 했다.

와…….

정말 잘 불렀다.

팔갑과 두 호위무사도 공래의 노래에 푹 빠져 있었다.

그런데, 나는 그 노래를 이전 삶에서도 들은 적이 있다.

상단의 일을 하다 보면 기루에 종종 가곤 한다.

나는 호남성의 어느 기루에서 한 예기를 만났었다.

앵화(櫻花)라는 이름의 예기였다.

앵화는 재기가 뛰어났고 학식도 깊어 주로 고위층들을 상대하곤 했다.

그런 그녀의 가장 뛰어난 재주는 노래였다.

어찌나 노래를 잘 부르는지, 그녀가 노래할 때면 시끄럽게 울던 새도 잠잠할 정도였다.

어느 날, 기루 후원에서 홀로 앉아 노래하는 앵화를 보았다. 그런데 그녀의 노래는 이전에 들었던 노래와 달랐다.

무척이나 담백하지만, 따스한 노래였다.

난 그녀에게 그 노래에 대해 물었다.

"처음 들어 보는 노래입니다."
"그러실 겁니다. 이 노래는 제가 어릴 때 직접 지은 노래니까요."
"그렇군요."
"송구합니다. 사실 오늘이 제가 기루에 팔린 날입니다. 부모님과 오라버니 생각이 나서 그만 제가 추태를 보인 듯합니다."
"그러셨군요."

그녀에게 동정심이 생긴 나는 그녀에게 말했다.

"부모님의 소식, 제가 알아봐 드릴까요?"

내 제안에 그녀는 고개를 저었다.

"아닙니다. 들으면 괜히 마음만 들뜨고 또 아플 겁니다. 그냥 무소식이 희소식이라 생각하겠습니다."

그게 앵화와의 마지막 만남이었다.
그곳에서 무림인들의 칼부림이 벌어졌고, 그 난투 속에 휘말려 목숨을 잃었기 때문이다.
앵화는, 그 이름처럼 너무나도 빨리 지고 말았다.

그때 그녀가 불렀던 노래가 바로 지금 공래가 부르는 노래와 똑같다.

아니!

이건 말이 안 되잖아!

앵화, 그녀는 분명 스스로 지어 부른 노래라고 했는데?

아니, 아니다.

말이 된다.

공래를 처음 봤을 때 묘하게 낯이 익었던 이유가 있었다. 이대로 자란다면, 그래서 진하게 화장을 한다면······.

내가 아는 그 예기 앵화의 얼굴이······.

욕이 나왔다.

와, 진견상단주. 이런 개 같은 새끼.

공밀은 과로사할 정도로 부려 먹고, 공래는 기루에 팔아 버린 거였어?

이미 사형당한 진견상단주였지만, 너무 곱게 죽여 버렸네.

내가 시간을 거슬러 되돌아와서 정말 다행이었다.

이번 생에는, 공밀과 공래를 행복하게 해 줄 거다.

.
.
.

다음 날 아침.

어김없이 검술을 수련했다.

"오늘은 여기까지입니다. 내일부터 새로운 초식으로

들어가겠습니다."

"아!"

내 표정이 밝아지자 사부님이 피식 웃으셨다.

"좋으신 모양입니다."

"그럼요. 새로운 것을 배운다는 건 언제나 기쁜 일 아닙니까?"

요즘 사부님께서는 예전보다 표정이 많이 밝아지신 듯했다.

그래도 가끔 웃으시는 걸 보니.

"오늘부터 제 아들 형진이가 내총관님께 가르침을 받기로 했습니다."

"내총관님께요?"

"사실 형진이가 이번에 논어를 시작했습니다. 그런데 제가 그 정도 학식이 되지 않아서 곤란하던 참인데, 내총관님께서 먼저 제안해 주셨습니다. 자신이 맡은 석일송이란 아이와 함께 가르치고 싶다고 하셨습니다."

"그러셨군요."

"그래서 그 제안을 받아들였습니다."

"잘하셨습니다."

유 총관이 사부님께 무슨 이야기를 하려고 하나 했더니, 그 이야기였구나.

그런데 유 총관이 먼저 그런 제안을 했다고?

생각보다 석일송이 마음에 든 모양이다.

분명 석일송에게 친우를 만들어 주기 위해서 그리한 듯했다.

"내총관은 과거까지 합격한 인재니까, 글공부 스승으로 부족함이 없을 겁니다."

"저로서는 정말 감사한 일입니다."

* * *

진소미는 떨리는 마음으로 은해상단을 다시 찾았다.

은정호의 부모님을 뵈었던 날, 솔직히 엄청나게 떨었다. 혹시 혼인을 없던 것으로 할까 봐.

걱정하는 그녀에게 아버지 진진학 관주가 따스한 목소리로 말했다.

"걱정하지 않아도 된다. 그분들은 그런 약속을 저버리는 분이 아니니까."

"하지만 그분들이 저를 가족으로 맞아 주실까요?"

"그게 궁금하다면, 일부러 실수를 해 봐라."

"네?"

"상인이란 자들은 마음을 내주지 않은 자에게는 처음부터 끝까지 상냥하거나 감정이 없는 이들이지. 만약 너를 혼낸다면 안심해도 된다는 의미다. 너를 가족으로 받아들였다는 거니까."

그 말대로 그녀는 일부러 살짝 실수를 해 보았다.

이에 은정호의 어머니는 그녀를 다독이면서도 혼을 냈고, 그녀는 안심할 수 있었다.

자신이 정말 가족으로 받아들여졌다는 의미니까.

그런데 오늘은 그날보다 더 떨렸다.

오늘 제갈세가의 태상가주를 만나기로 했기 때문이다.

호북성에서 태어나 자란 그녀에게, 특히 무가의 딸로 자란 그녀에게 제갈세가의 태상가주는 그야말로 하늘의 별과 같은 존재였으니까.

"오셨습니까?"

공손하게 맞이하는 시녀를 따라 그녀는 태상가주가 거하는 별채로 향했다.

"태상가주님, 진 소저가 왔습니다."

"들어오거라."

태상가주의 허락과 함께 문이 열렸고, 그녀는 조심스럽게 들어갔다.

"진씨무관 진진학 관주의 여식 진소미가 제갈세가의 태산을 뵙습니다."

그녀가 예를 갖추자 태상가주가 고개를 끄덕여 그 예를 받았다.

"그래, 이쪽으로 와서 앉거라."

"네."

그녀는 태상가주가 권하는 자리에 앉았다.

"그래, 혼인 준비는 잘되어 가고 있는 게냐?"

"네. 양가 부모님들께서 애써 주신 덕분에 잘되어 가고 있습니다."

가볍게 근황을 묻는 것으로 분위기를 화기애애하게 만든 태상가주는 그녀에게 말했다.

"나는 제갈세가의 태상가주다. 그건 허언을 하지 않는다는 의미이기도 하다. 그러니 너의 후견인이 되겠다는 것 역시 허언이 아니다."

정말 자신의 후견인이 되어 준다니!

그녀는 가슴이 두근거렸다.

태상가주는 그녀에게 자신이 해 줄 수 있는 지원에 대해서 말해 주었다.

꿈만 같았다.

"어찌 감사해야 할지 모르겠습니다."

"뭘, 그냥 지금처럼 열심히 정진하면 된다. 아, 혹시 누구 덕분이냐고 물었을 때 제갈세가 덕분이라고 하면 그걸로 보답은 충분하니라."

"명심하겠습니다."

"그런데, 서호 소단주에게 감사 인사는 전했느냐? 너와 정호 소단주 사이를 이어 주었으니, 월하노인 노릇을 한 것에 대한 감사는 해야지."

"물론입니다. 정중히 감사를 전했습니다."

"잘했다."

그녀가 지금까지 본인의 무공 실력을 숨기고 있었던 건

그녀의 가문이 한미했기 때문이다.

 출중한 무공 실력과 재능도 한미한 가문에서는 사치였다. 이를 질투한 자들로 인해 꽃피우지도 못하고 져 버릴 테니까.

 이를 우려하여 그녀의 아버지는 그녀에게 되도록 무공을 보이지 말라고 한 것이다.

 하여 은정호와 위승저가 비무를 하게 된 상황에서도 망설였다.

 그런 그녀를 깨고 나오게 한 자가 바로 은서호다.

 은정호도 자신을 연모한다고 했다.

 그래서 북경에서 머리꽂이도 사 왔다고 했다.

 사실 그녀도 은정호를 오래전부터 마음에 두고 있었다.

 아버지를 따라 은해상단의 연회에 왔을 때였다.

 길을 잃고 어쩔 줄 몰라 하던 그녀에게 친절하게 안내해 준 은정호는 그날로 그녀의 마음에 들어와 버렸으니까.

 은서호 덕분에 그녀는 의연하게 검을 들었고, 추잡한 말로 자신을 희롱했던 위승저를 깨부술 수 있었다.

 이내 사고를 쳤다는 생각에 걱정부터 되었다.

 하지만 그 일은 전화위복이 되었다.

 은정호는 자신에게 청혼했고, 그 자리에 있던 제갈세가의 태상가주는 그녀의 후견인이 되어 주었으니까.

 태상가주의 뒷배를 가지게 된 그녀를 건드릴 자는 이제 호북 땅에서는 아무도 없었다.

태상가주의 처소에서 나온 그녀는 문득 은서호가 보고 싶어졌다.

"은서호 소단주님을 보러 가고 싶습니다."

"안내하겠습니다."

곧 그녀는 은서호의 집무실에 도착했다.

[현풍국(賢風局)]

은정호에게 들었다.

은서호는 상단주 직속으로 새로 만들어진 현풍국이라는 곳을 맡아 운영하게 되었다고.

활짝 열린 창문을 통해 은서호가 보였다.

누가 봐도 참 잘생겼다고 할 만한 미청년이다.

물론 그녀의 연인은 은정호뿐이지만 말이다.

바쁘게 움직이는 은서호를 보며 진소미는 생각했다.

그에게 도움이 될 수 있다면, 뭐든 해 주겠다고.

그리고 방해하는 자들은 자신과 검으로 대화를 나누어야 할 거라고.

* * *

챙챙챙챙!

시끄러운 악기 소리를 시작으로 정호 형과 진소미 소저

의 혼례가 시작되었다.

 그 짧은 시간 동안 내 소단주 공표식장은 완벽한 혼례식장으로 변해 있었다.

 두 마리의 사자가 춤을 추며 길을 열었고, 붉은 예복을 입은 정호 형이 말을 타고 진씨무관으로 향했다.

 신부를 데리고 오기 위해서다.

 원래 신부의 집에서 혼인을 하는 게 관례였지만, 그 많은 손님을 신부의 집에서 수용할 수가 없었다.

 하여 진소미 소저를 데리고 와서, 은해상단에서 혼례를 치르기로 한 것이다.

 가마에 탄 진소미 소저가 은해상단에 도착하자, 기다리고 있던 손님들은 일제히 환호했다.

 귀가 아플 정도로 요란하고 시끄러웠지만, 내 입가에서는 미소가 그치질 않았다.

 소리가 클수록 행복하게 잘 산다고 하니까.

 지난 삶에서 정호 형의 혼인은 장남의 혼인이라고 하기에는 초라했다.

 혼인 연회의 규모를 축소해야 할 사정이 생겼었으니까.

 하지만 이번에는 아니다.

 정말 많은 하객이 축하해 주고 있었다.

 그리고 진소미 소저, 아니, 형수님의 후견인으로 제갈세가의 태상가주님도 참석해 계셨다.

 이로 인해 형수님의 행보에도 이제 거침이 없겠지.

정호 형도, 형수님도 서로 마음고생하지 않고 인연이 맺어졌다.

정말로, 월하노인 노릇을 한 보람이 있었다.

.

.

.

날이 저물었다.

정해진 순서에 따라 진행된 혼인 예식은 사방이 어두워진 후에야 끝이 났다.

그때부터 본격적인 연회의 시작이다.

어두웠지만 상관없었다.

홍등이 온 사방을 환하게 비추었으니까.

그리고 오늘 연회에서 내가 정호 형을 위해 준비한 것이 있다.

"제 큰형인 정호 형과 형수님의 빛나는 앞날을 위해서 부족하지만 노래와 연주를 준비했습니다."

나는 금을 가지고 자리를 잡았고, 예쁘게 옷을 차려입은 공래가 내 옆에 섰다.

그리고 나는 금을 타기 시작했다.

금을 타는 건 기본 소양 중 하나였기에 어릴 때부터 배웠었다.

덕분에 제법 괜찮은 연주를 들려 줄 수 있었다.

내가 금을 타는 가운데, 공래가 노래를 부르기 시작했

다. 두 사람의 앞날을 축하하는 내용의 노래였다.

역시나, 사람들은 공래의 노래에 푹 빠졌다.

정호 형과 형수님도 우리의 노래를 들으며 행복한 표정을 지었다.

노래가 끝났다.

모두의 환호 가운데 나는 내가 가지고 온 물건을 두 사람에게 내밀었다.

"이건?"

"혼인 선물입니다."

내 말에 그들은 상자를 열었다. 안에는 혼례복을 입은 한 쌍의 인형이 들어 있었다.

"그건 이번에 새로 만든 자악금입니다."

나는 둘에게 자악금의 사용 방법을 말해 주었고, 두 분은 각각 자악금을 돌렸다.

그러자 두 개의 인형이 서서히 돌아가면서 청명한 악기 소리가 들렸다.

"오!"

"이런!"

"저럴 수가!"

내가 이걸 처음 보고 놀랐던 것처럼, 다른 이들도 무척 놀라워했다.

나는 자악금을 처음 봤을 때, 그 가치를 알아차렸다.

하여 이걸 상품으로 만들어 팔기로 했다.

물론 자악금 일 호는 공밀이 내게 만들어 준 것이다.

그 의미를 잊지 않기 위해 아예 자악금에 번호를 매기기로 했다.

하여 정호 형과 형수님에게 준 자악금은 각각 이 호와 삼 호다.

그리고 사람들이 많이 모인 이번 혼인 연회에서 형과 형수님에게 선물로 건넸다.

사람들의 반응을 보니 홍보는 제대로 된 듯했다.

그렇게 연회가 계속되는 가운데, 아버지의 시종과 어머니의 시녀가 다가왔다.

"이제 신랑과 신부는 침소에 들 시간입니다."

그 말에 정호 형과 형수님의 얼굴이 빨개졌다.

그게 무엇을 의미하는지 아는 거다.

"뭐 해, 어서 가지 않고?"

진호 형의 말에 그들은 자리에서 일어났다.

그때 누군가 작은 목소리로 속닥거렸다.

"그럼 우리도 갈까?"

"이런 좋은 구경을 놓칠 수 없지."

그 속삭임에 나는 피식 웃었다.

어딜 훔쳐보려고.

그때 어머니의 시녀가 형수님에게 물었다.

"그런데 손에 든 그건 무엇입니까?"

"아, 암기가 든 통입니다. 제갈세가의 태상가주님께서

암기 날리는 법을 알려 주셨거든요."

형수님은 빙그레 웃었다.

"혹시라도 초야를 치르는 날, 훔쳐보는 사람들이 있으면 사용할 수 있게요."

정말이지, 인자하고 다정한 정호 형에게 딱 맞는 형수님이다.

나는 오늘 하객으로 참석한 위씨무관의 관주에게 다가갔다.

그리고 단도직입적으로 말했다.

"아드님의 교육, 제가 잘 아는 학관에 맡기시죠."

나는 관주에게 학관에 대해 설명했고, 어느새 내가 내민 입관 수락서에는 관주의 수결이 찍혀 있었다.

.

.

.

다음 날.

위승저 소협은 학관에서 나온 이들에 의해 학관으로 끌려갔다.

그 모습을 보니 내 속이 다 시원했다.

다음에, 사람 되어서 만나자고.

19장. 섬서갈(陝西蠍)

섬서갈(陝西蠍)

나는 창밖을 바라보았다.

녹음이 짙푸르다.

면경에 비친 내 얼굴을 보고 있자, 팔갑이 말했다.

"도련님, 잘생긴 건 모두 압니다요. 그렇게 자아도취 하지 않아도 됩니다요."

"자아도취라니! 나는 그저 내 모습을 점검한 것뿐이라고. 상인들에게 겉모습이 얼마나 중요한데."

"네네, 압니다요. 이미 백 번도 더 넘게 들은 말이라서 다 외웠습니다요."

내가 말을 말아야지.

시간을 거슬러 되돌아온 지 벌써 이 년이 지났다.

어느새 나는 열일곱 살이 되었다.

은해상단에서 담당한 호북성의 소금 소매 사업은 순항 중이었다.
　그리고 내가 맡은 현풍국의 일도 순탄하게 흘러가고 있었다.
"그런데 그 소식 들으셨습니까요?"
"무슨 소식?"
"이번에 소림사의 일심 대사님께서 화경에 오르셨다고 합니다요."
"아, 그래?"
　일심 대사님은 현 소림 방장인 세연 대사님보다 윗 배분으로, 소림오권만으로 화경에 드신 분이다.
　하지만 힘을 함부로 휘두르는 것은 수행에 도움이 되지 않는다면서 스스로 참회동에 들어가셨다.
　내가 죽을 때에도 열반에 드셨다는 소식은 듣지 못했다. 그때 연세가 백 살이 넘으셨는데 말이지.
　아무튼, 일심 대사님께서 화경에 드셨다는 소문이 돌기 시작하니 때가 되었다.

.

.

.

　나는 현풍국으로 향했다.
"오셨습니까?"
"네."

내가 일하는 현풍국은 아버지의 집무실에서 얼마 떨어지지 않은 곳에 있었다.

원래는 별도로 별채를 사용했었는데, 중요한 서류가 많아 보안을 위해 이렇게 은룡전 안으로 위치를 옮긴 것이다.

나는 내 집무실, 내 자리에 앉아 손가락으로 서탁을 톡톡 치며 잠시 생각했다.

그러고는 팔갑을 불렀다.

"팔갑!"

"네! 부르셨습니까요, 도련님?"

"홍 부인 좀 모셔 와."

"알겠습니다요."

잠시 후, 홍금소 부인이 내 집무실에 들어왔다.

"부르셨다고 들었습니다."

"네, 앉으세요."

홍금소 부인은 가볍게 예를 갖추고는 다탁 앞에 앉았다.

곧 팔갑이 차를 가져와 우리 앞에 놓았다.

"드십시오."

"감사합니다."

차를 마시며 가벼운 이야기를 주고받다가, 찻잔을 내려놓으며 본론을 꺼냈다.

"부군의 병세는 어떠십니까?"

"아…… 아직 누워만 있죠. 그래도 서서히 호전되고 있어요. 이제 의식을 되찾는 시간도 길어지고 있고 의사 표현도 할 수 있어요. 의각에서 치료를 받게 해 주시고 또 돈도 많이 벌게 해 주셔서 감사하고 있어요."

홍 부인은 안색이 잠시 어두워졌지만, 이내 다시 밝은 얼굴로 답했다.

아직 기억대로군.

그렇다면 생각했던 대로 진행하면 되겠네.

그녀를 위로하며 몇 가지 이야기를 더 주고받고는 그녀를 돌려보냈다.

그러곤 가만히 앉아 내가 겪었던 지난 삶에서의 일을 떠올렸다.

홍금소 부인은 내 지난 삶에서 천의무봉이라 불릴 만큼 바느질을 잘했다.

그래서 내게 큰 도움이 되었기에 그녀에게 보답하는 마음으로 흑적의선에게 그 남편의 진료를 부탁했다.

당시 흑적의선은 홍금소 부인의 남편에 대해 다음과 같은 진단을 내렸다.

"늦었네. 이미 사기(邪氣)가 골수까지 침범했어. 지금까지 살아 있는 것도 참 기적이야. 길어야 한 달 안에 숨이 멎을 걸세. 육 년, 아니, 오 년 전에라도 제대로 된 약을 썼다면 나을 수 있었을 텐데 말이지."

그때 내 나이는 스물네 살.
지금으로부터 칠 년 후의 일이다.
아직 충분히 여유가 있다.
홍 부인의 남편을 돌보던 의원은 솔직히 실력이 없었다.
그럼에도 지금까지 남편이 살아 있을 수 있던 건 살고자 하는 남편의 의지 때문이었다.
주제에 욕심은 많아서 돈이 되는 환자인 그녀의 남편의 치료를 포기하거나 멈추지도 않았다.
그래서 나는 이번 삶에서 그녀와 인연을 맺으면서 남편의 치료도 우리 상단의 의각에서 받게 했다.
명분도 확실했기에 그 의원 쪽에서도 별다른 반발이 없었다.
그렇게 제대로 된 치료를 받기 시작한 후, 병세는 서서히 호전되고 있었다.
하지만 그게 근본적인 치료는 될 수 없었다.
흑적의선이 말했던 '나을 수 있었을 텐데'라는 말은 생명에 지장이 없을 정도를 뜻했으니까.
부인의 남편은 무인이다.
목숨을 건지더라도 자괴감은 계속 들 거다.
무공을 쓸 수 없는 몸이 되어 버렸으니까. '

처음부터 닭으로 살았다면 닭의 삶으로 만족할 거다.

하지만 창공을 날던 새가 닭의 삶을 살아야 한다면 행복할까?

그래서 나는 부인의 남편에게 아예 새로운 삶을 주려고 한다.

일심 대사님이 화경에 오른 이때쯤에 얻을 수 있는 영약이 있다.

그 영약의 이름은 복시령과(復始靈菓).

생긴 건 앵두를 닮았는데, 사람의 망가진 신체를 되돌리는 효능이 있었다.

복시령과 한 알을 먹으면 십 년을 되돌릴 수 있었다.

그 복시령과를 구해서 홍 부인의 남편에게 먹일 생각이다.

십 년 전이면 부인의 남편이 건강했을 때이니, 그걸로 되겠지.

망가진 신체를 십 년 전으로 되돌려주는 복시령과는 엄청난 영약이다.

그만큼 구하기도 힘들다.

왜 그런 고생을 하면서까지 홍 부인의 남편을 도와주느냐 하면 그 이유는 간단하다.

그에게 목숨을 빚졌으니까.

당시 홍 부인의 남편은 흑적의선의 도움으로 약간의 기력은 찾았다. 죽음은 예정되어 있었지만.

약 보름의 기간 동안 말을 할 수 있게 되자, 그는 그동안 자신의 부인에게 하지 못했던 이야기를 했다.

미안하다고.

고맙다고.

그리고 또 미안하다고.

자신이 죽으면 재가해서 행복하게 살라고.

그리 말을 한 그는 나에게도 할 말이 있다고 했다.

그는 나에게 감사하다고 했다.

자신의 부인의 재주를 알아봐 주고 또 살뜰하게 챙겨 주어서 진심으로 감사하다고.

그러더니 이내 심각한 표정으로 내게 말했다.

"제 부인은 저에게 있었던 일을 전부 이야기해 줍니다. 덕분에 알게 되었습니다. 제가 아는 암살자 하나가 지금 도련님 옆에 있습니다."

그 말에 나는 즉시 호위무사를 불러 포목점에서 일하던 직원을 붙잡았다.

그 직원의 치아 사이에서는 독환이, 그의 품에서는 독이 묻은 단검이 발견되었다.

흑도에서 운영하는 경쟁 포목점에서 보낸 암살자였다.

만약 홍 부인의 남편이 이를 알려 주지 않았다면 나는 큰 상처를 입었거나 죽었을 것이다.

섬서갈(陝西蠍) 〈129〉

내가 홍금소 부인을 고용했고, 흑적의선에게 진찰을 받게 한 덕분에 그 남편이 나에게 그걸 알려 줄 수 있었다는 건 사실이다.

하지만 그게 그 남편에게 은혜를 입지 않았다고는 말할 수 없었다.

나는 원수도 잊지 않지만 은혜도 잊지 않았다.

목숨에는 목숨으로 갚아야지.

지난 삶에서는 은혜를 갚기도 전에 그가 죽었지만, 이번 삶에서는 아직 그가 죽지 않았다.

그러니 응당 그 은혜를 갚아야 마땅하다.

하지만 아버지에게 가서 "사실은 제가 죽었다가 살아났는데 그때 입었던 은혜가 어쩌고……."하며 설명한다면 아버지가 "그래, 잘 다녀오거라."라고 할까?

걱정스러운 표정으로 당장 의원을 부르겠지.

의원을 부르는 건 그렇다 쳐도 부모님의 걱정스러운 표정은 보기 싫다.

그러니까 섬서성에 갈 적당한 핑곗거리가 필요했다.

복시령과를 구하기 위해서는 섬서성에 가야 했으니까.

뭐가 좋을지 잠시 고민했고.

이내 적당한 핑곗거리가 떠올랐다.

.

.

.

그날 오후.

나는 아버지에게 오늘의 일을 보고했다.

"그래, 그렇구나."

"그리고 아버지, 이번에 섬서성으로 가는 상행이 있다고 알고 있습니다."

"맞다. 섬서성의 복차를 가지러 가야 하지."

"그때 저도 동행하여 섬서성에 다녀오려고 합니다."

나는 말을 이었다.

"섬서성의 우이상단에서 작풍기 판매를 잘하고 있는지 확인을 해 볼 생각입니다."

"꼭 직접 가야 하는 것이냐?"

"작풍기의 판매를 직접 관리감독하라는 황제 폐하의 성지를 받았는데, 어찌 허투루 할 수 있겠습니까?"

"그건 그렇지."

"그리고 이렇게 직접 움직여야 혹 무슨 일이 있다 해도 책임 문제에서 빠져나갈 수 있겠죠."

내 말에 아버지는 나를 빤히 바라보았다.

"왜 그러십니까?"

"그게 본심 같구나."

"하하하."

나는 웃었다.

"하지만 그 상행이 좀 시간이 걸릴 텐데?"

"따로 오가는 것보다는 안전할 듯합니다."

"그건 그렇지."

잠시 생각하시던 아버지는 흔쾌히 승낙하셨다.

"네가 자리를 비워도 차질이 없도록 잘 정리해 놓고 다녀오거라."

"알겠습니다."

허락을 받았다.

아버지가 생각하기에도 나 혼자 움직이는 것보다 상행 일행과 움직이는 것이 여러모로 나을 것 같다고 생각하신 듯하다.

집무실로 돌아온 나는 서류를 정리하던 팔갑에게 말했다.

"팔갑아, 짐 싸라."

"네?"

"섬서성으로 갈 거야."

"네에?"

호북성에서 섬서성으로 가는 육로는 솔직히 좋다고는 할 수 없었다.

무당산과 종남산이 떡하니 길을 가로막고 있는 형국이었기 때문이다.

그렇다고 돌아서 가자니, 복룡산, 숭산과 화산 때문에 정말 먼 거리를 빙 돌아가야 했다.

아니면 좁고 위험한 잔도를 이용하거나.

하지만 수로는 말이 다르다.

한수(漢水)를 통해 호북성에서 섬서성으로 바로 들어갈 수 있었으니까.

복차(伏茶)는 삼복더위에 만들어진다고 하여 복차라고 불린다.

섬서성에서 만들어지는 유명한 차로, 독특한 향기와 부드러운 향기, 그리고 검붉은 광택이 아름다운 흑차다.

마시면 속이 편해져서 나도 꽤 좋아한다.

그때 여창의 각원, 아니, 여창의 부관이 나에게 말했다.

"소단주님, 그럼 저도 함께 가는 겁니까?"

내가 재경각에서 실무를 볼 때 내 보조로 붙었던 여창의 각원은 내가 현풍국을 맡게 되었을 때 부관으로 데리고 왔다.

하여 지금은 엄청 승진해서 병급이다.

과거로 되돌아와 처음으로 살린 자가 여창의 각원이다. 내가 겪었던 과거에서는 화연루주의 사주로 발생한 화재에서 사망했었으니까.

그 능력이 참 아까웠는데, 이렇게 살았으니 내 곁에 두고 알차게 써먹는 중이다.

"당연히 가야죠. 여 부관이 가서 이것저것 할 게 참 많습니다."

"아…… 알겠습니다."

섬서성으로 갈 준비는 차근차근 잘되어 가고 있었다.
 내 목적은 섬서성에 가서 복차를 거래하는 것이 아니다.
 그 말은 상행에 관련해서는 내가 손댈 일이 없다는 의미이다.
 나는 내가 없어도 한동안은 일이 잘 돌아갈 수 있도록 현풍국의 일을 처리하는 것에 집중했다.

 * * *

 엄삼택은 은해상단의 대행수 중 하나이다.
 그는 은해상단 내부, 차를 담당하는 곳에서 십 년 넘게 일해 왔다.
 그렇기에 그는 자신의 일에 자부심이 대단했다.
 이번 섬서성으로 복차를 거래하러 가는 상행의 책임자이기도 했다.
 그리고 이번 상행을 위해서 분주하게 움직이던 그에게 뜬금없는 소식이 들려왔다.
 "엥? 이번에 현풍국주가 동행한다고?"
 "그렇습니다."
 이 년 전, 은서호는 소단주가 되었고 그와 동시에 현풍국이라는 곳의 국주가 되었다.
 보통 휘하 상점 중 하나를 맡겨서 본격적인 경험 쌓기에 들어가는 것과 사뭇 다른 모양새였다.

듣기로 세풍각의 적병철 각주의 적극적인 지지가 있었다고 했다.

'대체 그 노인네를 어찌 구워삶았기에……'

상단의 행수쯤 되는 이들은 안다.

겉보기에는 만만해 보이는 것과 달리, 철옹성과 같은 자가 적병철 각주라는 것을 말이다.

솔직히 그동안 은서호가 많은 활약을 하긴 했다.

그러나 그건 엄삼택과 별 상관이 없는 일이다.

그에게 직접적으로 피해가 가거나 도움이 온 건 없었으니까.

'그러고 보니 현풍국주님 덕분에 중간 상인들의 농간질 없이 철관음을 유통할 수 있게 되었다고 은 대행수가 좋아하던데……'

그렇다고 그의 월봉이 오르는 것도 아니니 그 일은 곧 그의 관심 밖으로 밀려난 거다.

아무튼, 그는 이번에 은서호와 동행하게 된 일이 썩 달갑지만은 않았다.

은서호는 상단주의 아들이다.

얼마나 상행에 참견해 댈지 생각하니 머리가 지끈거렸다.

인근 다른 상단의 행수에게서 상단주의 아들이 동행했을 때의 귀찮은 일에 대해 들었기 때문이다.

괜한 공명심을 채우고자 이것저것 참견하여 일을 복잡하게 만든다고.

그러니 머리가 아프지 않을 수 없는 것이다.

그 소식이 전해진 다음 날, 은서호가 그를 찾아왔다.

요 몇 년 사이 은서호는 부쩍 성장했다.

키도 커졌고 몸도 남자다워졌다.

그리고 얼굴을 볼 때면, 남자에게 어울리는 말은 아니지만 아름답다는 생각이 들곤 했다.

'뭐, 그 본판이 어디로 간 건 아니니까.'

그는 은서호에게 정중하게 말했다.

"드시지요."

"감사합니다."

은서호는 다탁 앞에 앉았다.

"피차 바쁘니 단도직입적으로 말하겠습니다."

"저도 그편이 좋습니다."

"이번에 볼일이 있어 섬서성으로 가는 길에, 엄 행수님의 상행에 신세를 지게 되었습니다."

"이야기는 들었습니다."

"가는 길, 잘 부탁드립니다."

"저야말로 잘 부탁드려야지요. 하하하."

"그리고 미리 말씀드리지만, 저는 이번 상행에서 그 어떤 일에도 간섭할 생각이 없습니다."

엄삼택은 뜻밖의 말에 반문하고 말았다.

"네?"

"솔직히 제가 맡은 현풍국의 일도 바쁜데 엄 행수님의

상행에 왜 간섭하겠습니까?"

은서호는 웃으며 이야기했지만, 엄삼택은 그 안에 담긴 의미를 알아차렸다.

'귀찮다는 건가?'

은서호는 말을 이었다.

"함께 가게 되었으니 미리 인사도 하고 이 점을 말씀드리기 위해서 왔습니다."

"그러셨군요. 국주님의 말뜻 충분히 알아들었습니다."

"그럼 다시 한번 잘 부탁드립니다. 출발하는 날 뵙겠습니다."

"네."

그리고 은서호는 정말 그동안 그 어떤 첨언도 하지 않았다.

자신과 관련된 것에 대해서 협조 요청만 할 뿐이었다.

섬서성으로 출발하는 날이 되었다.

차장에는 마차가 준비되었다.

배에 싣고 가야 하기에 평소 쓰는 것보다 폭이 좁은 마차였다.

그리고 그 안에는 섬서성에서 팔 물건들이 차곡차곡 실리고 있었다.

그때 오늘 상행에 함께할 표국의 표두와 표사들, 그리고 쟁자수들이 다가왔다.

은해상단과 계약을 맺은 창인표국의 이들이다.

"어서 오십시오. 이번 상행을 담당한 행수 엄삼택이라고 합니다."

"창인표국의 표두 곽명현입니다."

"오늘 상행에 동행하게 된 은풍대 사 조의 조장 윤지심입니다."

그때 그곳에 한 무리의 이들이 모습을 드러냈다.

은서호 무리다.

"아, 제가 좀 늦었군요."

그를 본 이들이 얼른 예를 갖추었다.

"현풍국주님을 뵙습니다."

은서호는 소단주였지만, 현풍국의 국주를 맡은 지금 현풍국주라고 부르는 건 결례가 아니다.

엄삼택이 뒤를 이어 대답했다.

"아닙니다. 늦지 않으셨습니다."

"다행입니다."

그때 은서호와 곽명현의 눈이 마주쳤고, 은서호는 옅게 미소 띤 얼굴로 포권했다.

"오늘 동행하게 되었습니다. 잘 부탁드립니다."

"저야말로 잘 부탁드립니다."

* * *

나는 앞을 바라보았다.

장강의 물이 넘실대고 있었다.

지금 나는 배를 타고 있었다.

장강의 지류 중 하나인 한수의 물살을 거슬러 가는 것이기에 노를 젓는 격꾼들이 고생이 많았다.

하지만 돌아올 땐 물살을 타고 내려오는 것이기에 너무 빨리 가지 않게 속도만 조절하면 되었다.

강에는 은해상단의 배 말고도 다른 배들이 많았다.

위쪽의 황하도 그렇지만, 이 장강은 무척이나 중요한 강이다.

장강의 수운을 통해 수많은 물품들이 운송되고, 강남의 곡식이 강북으로 옮겨진다.

또한, 관의 파발 등도 수운을 통해 오고 간다.

중원의 안정화를 위해서라도 장강 수운의 안정화는 필수였다.

즉, 이 장강은 황실에서도 눈여겨보는 곳이라는 뜻이었다.

그러던 중 재작년 초, 이 장강의 수적들은 최악의 실수를 하고 말았다.

귀주성으로 운송 중이던 소금을 거하게 털어먹은 것이다.

그로 인해 귀주성에 제때 소금을 공급하지 못해 소금 품귀 현상까지 일어났다.

황제로서는 상당히 불쾌한 일이었다.

자신이 야심차게 추진한 일을 방해했고, 그로 인해 소

금 유통법에 대해 부정적인 여론이 들고 일어났으니까.

그 말인즉, 황실에 들어오던 막대한 수입이 끊길 수도 있다는 것이다.

당연히 황제는 가만히 보고만 있지 않았다.

명분도 있겠다, 즉시 출병을 명했다.

물론 수공(水功)을 익힌 수적들은 상대하기가 매우 까다로운 적이다.

하지만 중원을 다스리는 제국의 국력은 절대 약하지 않았다.

제국 수군은 사천과 안휘 양쪽에서 대규모 함선을 이끌고 출격했고, 사이에 있는 수적들의 수채에 총공세를 가했다.

게다가 황제가 작심한 듯 고수들까지 투입했기에 무공을 익힌 수적들의 저항도 의미가 없었다.

결국, 반년 만에 장강은 완전히 정리가 되었다.

그리고 혹시라도 다시 수적들이 발호할 것을 염려한 황제는 장강 곳곳에 수관(水官)을 두어 강의 치안을 담당하게 했다.

장강을 완전히 황제의 손에 넣은 거다.

덕분에 우리 같은 상인들이 편하게 강을 오갈 수 있게 되었으니, 황제 폐하 만세다.

한 가지 문제가 있다면,

"우엑!"

데리고 온 여창의 부관의 뱃멀미가 생각보다 심했다는 것이다.

"괜찮으십니까?"

"으……."

"안 괜찮으시군요."

사실 멀미만 하지 않는다면 배 위에서 보는 광경은 참으로 멋진데 말이지.

멀미에 좋다는 약을 먹어도 좀처럼 나아지지 않았다.

그때 사부님이 다가오시더니 여창의 부관의 귀 뒤쪽을 지그시 누르셨다.

그 순간, 여창의 각원은 스르르 잠이 들었다.

"멀미에는 자는 게 최고입니다."

"아, 감사합니다."

"국주님께서는 따로 볼일이 있다고 들었습니다."

"네."

나는 고개를 끄덕였다.

"섬서성의 서안에 도착하면 저는 우이상단 쪽으로 움직일 생각입니다. 이것저것 살펴볼 게 있어서요."

"그러시군요."

사부님은 담담하게 말씀하셨다.

"그때까지 시간이 있군요. 마침 배를 타고 가고 있으니 수공을 익힐 좋은 기회입니다."

"네? 수공…… 이요?"

"물론 수적들이 관군에 의해 쓸려 가 버린 지금, 수공이 딱히 필요성이 없어 보일 수도 있습니다. 하지만 익혀 두면 쓸모가 많은 것이 수공입니다. 아직 소탕되지 않은 수적도 있고 말입니다."

사부님께서는 내게 수공의 필요성에 대해서 설명하셨지만, 내가 반문한 건 '왜 익혀야 하나요?'의 의미가 아니었다.

사부님께서 수공을 알려 주실 거라고는 생각하지 못했기 때문이다.

지난 삶에서 나는 수공을 익히지 않았다.

그로 인해 안타까웠던 적이 한두 번이 아니었다.

만약 수공을 익혔다면 더 쉽게 해결할 수 있던 일을 어렵게 해결하곤 했으니까.

"배우겠습니다! 가르쳐 주십시오."

내 긍정적인 반응에 사부님께서는 피식 웃으셨.

"쓸데없는 설명이었군요. 그럼 오늘 밤부터 수공을 알려 드리겠습니다."

"그런데 궁금한 게 두 가지 있습니다."

"말씀하십시오."

"저희가 수공을 익히면 그걸 보고 누군가 저희를 수적으로 오인하지는 않을까요?"

"그건 걱정하지 않으셔도 됩니다. 다른 이들은 저희가 수공을 익히는 것을 보지도 못할 테니까요."

"네, 두 번째로 궁금한 건…… 사부님께서 수공도 하실 수 있으셨습니까?"

"눈이 녹으면 물이 되며, 물이 얼면 얼음이 됩니다."

무슨 말씀인지 알겠다.

"우문이었습니다."

"궁금증은 풀어야 합니다. 잘못하면 심마에 빠질 수도 있습니다."

그때 저 건너편의 배에서 표사가 사부님을 불렀다.

"저를 부르는군요."

"얼른 가 보세요."

"그럼 오늘 밤 해시(亥時:21~23시) 초(初)에 뵙겠습니다."

사부님이 가볍게 발을 구르자, 순식간에 신형이 솟구쳤다.

탓.

건너편 배에 가볍게 착지하셨다.

그럼에도 배는 전혀 흔들리지 않았다. 그걸 보며 사람들이 감탄했다.

"이야! 역시 곽 표두님이야!"

"이번 표행에 곽 표두님과 함께한다니! 행운이지!"

쟁자수들뿐만 아니라 은풍대의 무사들도 감탄을 감추지 않았다.

그걸 보며 나는 피식 웃었다.

사실 사부님은 다른 사람들에게 자신의 무공을 자랑하는 분은 아니다.

그럼에도 저렇게 무공을 보여 주는 건 두 가지 목적이 있다.

하나는 표행을 하는 이들의 사기 진작을 위해서.

다른 하나는 혹시라도 보고 있을 적들에 대한 경고를 위해서다.

나는 감탄하고 있는 은풍대 사 조의 무사 중 두 명을 주시했다.

배철 무사와 고주상 무사.

지난 삶에서 나를 배신했던 호위무사들이다.

임급(壬級)의 말단 무사였던 그들은 이 년이 지난 지금 경급(庚級)까지 올라왔다.

그것만 봐도 제법 실력이 있다는 거다.

거기에 무사들 간의 평판도 좋았다.

하긴, 그러니까 저번 삶에서 외총관이 그들을 내 호위무사로 추천했던 거겠지.

나는 일부러 그들이 속해 있는 사 조를 데리고 왔다.

그들이 상단에 머무르는 시간이 길어지는 만큼 상단의 일에 듣는 것이 많아지니, 정보가 새어 나갈 위험성이 있기 때문이다.

그리고 이제 슬슬 그들을 고용한 상단의 뒤통수를 칠 때가 되었다.

솔직히 말단으로서 얻기 힘든 정보를 제공해도 그들을 고용한 상단이 의심을 할 터.

하여 두 무사가 승진해서 적당한 위치가 될 때까지 기다리는 것이다.

이번에 두 무사를 데리고 온 건 내 곁에 두고 신뢰를 주기 위해서였다.

하여 내가 준 가짜 정보가 진짜라고 철석같이 믿도록 말이다.

그로 인해 괜히 사 조가 고생하는 거 아니냐고 하겠지만, 이게 그들의 일이다.

그리고 배를 타고 가는 것이니, 몸이 무척 편한 상행이다.

내가 따로 움직일 때 그들을 지목해서 함께 움직일 생각이었다.

.
.
.

그날 밤.

사부님께서는 내게 수공을 알려 주셨다.

수공의 가장 기본은 물속에서 오랫동안 버티는 것이다.

"물속에서 오래 버티기만을 위해서라면 귀식대법을 사용하지만, 그건 움직이기 시작하면 대법을 사용할 수 없다는 것이 단점입니다. 그래서 물속에서 호흡할 수 있는 심법이 필요한 것입니다."

"그렇군요."

"다른 수공에도 물속에서 호흡할 수 있는 심법이 있지만, 저희 가문의 심법이 최고라고 단언할 수 있습니다."

사부님의 말에서 가문의 심법에 대한 자부심이 느껴졌다.

"이 심법은 '빙해동화심법(氷海同化心法)'이라고 부릅니다."

그러니까, 얼음 바다와 동화된다는 의미인가?

"제가 이제야 이걸 알려 드리는 이유는, 도련님께서 진설십이식검법의 일곱 번째 초식을 배우고 계시기 때문입니다."

무공을 배우기 시작한 지 이 년이 지났고, 나는 진설십이식검법 중 일곱 번째 초식을 배우고 있다.

이건 내 진도가 느린 게 아니다.

내 내공이 많아지다 보니 검법으로 그걸 다스리는 과정이 좀 더딜 뿐이다.

사부님의 말씀에 의하면 진설십이식검법을 완전히 익히는 데 십 년은 족히 걸린다고 하니, 나 정도면 진짜 빠른 것이다.

"열두 개의 초식 중 여섯 개를 배웠다면 빙해동화심법을 익혀도 몸에 해가 없기 때문입니다."

"그럼 그 전에는 몸에 해가 있다는 의미군요."

"그렇습니다. 빙해동화심법은 스스로의 체온을 얼음물과 동화시킨다는 의미. 진설십이식검법의 여섯 개의 초식을 익히기 전에는 몸 안의 극음의 기운을 자극하여 시전자의 목숨을 위태롭게 합니다."

사부님의 말이 이어졌다.

"최악의 경우, 얼어 죽을 수도 있습니다."

"……."

왜 사부님의 가문에서만 이걸 익혔는지 알 것 같았다.

"진설십이식검법을 익힐수록 이걸 시전할 수 있는 시간이 길어집니다만, 현재 국주님의 경우는 최대 일각 정도입니다."

"얼마 안 되네요."

"검법을 모두 익히시게 되면 두 시진까지도 가능해질 겁니다."

"알겠습니다."

"빙해동화심법에 익숙해지시면 그때 본격적으로 수공을 시작하겠습니다. 그리고 이 수공, 보통 보름 만에 익힙니다. 하실 수 있겠습니까?"

"네, 할 수 있습니다."

까짓것 해 보지 뭐!

나는 배를 타고 가면서 새벽에는 진설십이식검법을 익혔고, 밤에는 수공을 익혔다.

섬서갈(陝西蠍) 〈147〉

사부님 가문의 수공은 '빙해수절공(氷海水絶功)'이었다.

왜 수공을 익힐 때 다른 이들이 보지도 못할 거라고 하셨는지 알 수 있었다.

무흔보법을 기반으로 하기 때문이다.

하여 물 위를 걸어도 물은 미동조차 없었으며, 소리조차 나지 않았다.

마치 거대한 빙하의 아랫부분이 보이지 않는 것처럼.

사부님께 배우는 모든 무공에는 눈이나 얼음을 뜻하는 글자가 들어 있었는데, 익힐수록 왜 그런 이름인지 확연하게 와 닿았다.

하지만 사부님께서는 아직도 공식적으로 본인이 내 사부라는 것을 밝히는 것을 주저하셨다.

대체, 이유가 뭘까?

.

.

.

어느덧 배는 목적지에 가까워지고 있었다.

"배로 가니까 편하긴 한데, 지루해 죽겠습니다요."

팔갑의 말에 나는 피식 웃었다.

"얼마 지나지 않아서 너는 지금이 행복했다고 말할 거야."

내 말에 내 개인 호위인 여응암 무사와 이필 무사가 고개를 끄덕였다.

"주군의 말씀대로입니다."

"이게 행복이지요, 하하하. 게다가 전에는 수적들 때문에 하루에도 몇 번씩 긴장하곤 했는데, 황제 폐하의 은덕으로 수적들이 없어져서 얼마나 편한지 모르겠습니다."

"맞는 말입니다."

나는 고개를 끄덕였다.

너무나도 평온하고 편안한 상행이었다.

.

.

.

다음 날.

드디어 우리는 배에서 내렸다.

배에서 짐과 마차를 내리는 번거로운 과정을 거쳤고, 마차를 타고 달렸다.

그리고 서안에 도착하여 짐을 풀었다.

이곳에서 은해상단과 거래하는 차상과 거래를 하기로 했기 때문이다.

나는 이곳에서 하루 쉬고, 다음 날 우이상단으로 갈 계획이었다.

.

.

.

아침이 되었다.

오늘도 어김없이 나는 사부님의 지도하에 검술 수련을 했다.

"수고하셨습니다."

"가르침에 감사드립니다."

"벌써 빙해수절공도 다 익히시고, 확실히 배우는 게 빠르십니다."

"사부님의 지도 덕분입니다."

"국주님의 재능이 워낙 뛰어나고, 또 열심히 노력하셨기에 열흘도 안 되어서 다 익히신 겁니다."

"제가 좀 잘하긴 하죠?"

내 물음에 사부님은 피식 웃으셨다.

"네."

어…….

농담한 건데 그걸 사부님이 진지하게 받으시니 좀 당황스러웠다.

"이제 헤어지겠군요. 몸조심하십시오."

"네."

그때, 갑자기 바깥이 소란스러워지기 시작했다.

대체 무슨 일인가 싶어 나는 숙소 밖으로 나갔다.

"아니! 어떻게 이런 일이!"

"어떻게 하면 좋습니까, 엄 행수님?"

넋을 잃고 털썩 주저앉아 있는 엄삼택 행수를 보았다.

"대체 무슨 일입니까?"

내 물음에 대답한 건 다른 작은 행수다.

"그게…… 사기를 당했습니다."

"아……."

어쩐지 오는 길이 너무 편하다 했지.

대형 사고가 터져 있었다.

.

.

.

나는 한숨을 내쉬었다.

엄삼택 행수는 대행수다. 그 말인즉, 지금까지 수많은 거래를 해 왔다는 것이다.

그만큼 경험도 많은 자가 사기를 당했다니!

나는 작은 행수에게 물었다.

"자세하게 말씀해 보십시오."

"그게 말입니다……."

엄 행수와 일행은 어제 만나기로 약속한 차 중개상을 만났다고 한다.

"분명히 저희가 그간 계속 만나 왔던 황 행수였습니다."

황 행수는 우리가 거래하는 차 중개상의 행수다.

"가지고 온 계약서도 그렇고…… 정말이지 그렇게 감쪽같을 수는 없었습니다."

"그래서 의심하지 않고 거래를 했다는 거군요. 그런데 사기라는 것은 어떻게 알았습니까?"

"오늘 아침에 황 행수에게 연락이 왔습니다. 그래서 어제 만나서 거래를 하지 않았느냐고 하니까······."

"그래서요?"

"아니라고! 분명 자신이 일이 생겨서 다음 날 만나자고 했는데 무슨 말이냐고······."

"그래서 알게 되었군요."

"네. 황 행수가 그러더군요. 거래한 물건을 잘 살펴보라고."

작은 행수는 말을 이었다.

"살펴보니······ 복차가 아니라 그냥 풀을 말려서 벽돌 모양으로 만든 거였습니다."

"전장에 지급유예 요청은 했습니까?"

이 정도 대규모 거래의 경우에는 물품끼리 바꾸는 것이 아니라면 전표로 거래를 했다.

그러니 전표를 돈으로 바꾸기 전에 유예 요청을 하면 돈이 지급되는 것을 막을 수 있었다.

"그게······."

"이미 찾아갔군요."

"그렇습니다."

그러니까 지금 완전히 당했다는 거군.

나는 가짜 복차들을 자세히 살폈다.

저걸 다 가짜로 만들려면 꽤 공을 들였겠는데 말이지.

그때 나는 가짜 복차들 사이에서 종이 한 장을 발견했다.

나는 그 종이를 꺼내 펼쳤다.

[섬서갈에게 속느라 고생하셨습니다.]

"아, 젠장."

문득 내 지난 삶에서 들었던 이야기가 떠올랐다.

쓸데없이 세심한 정성.

그리고 철저한 조사와 뛰어난 연기력으로 상단을 상대로 사기를 치던 놈이 있었다.

놈의 활동 무대는 섬서성.

자신을 스스로 섬서갈(陝西蠍)이라고 불렀다.

섬서성의 전갈이라는 의미다.

그리고 사기를 친 상대에게는 이렇게 열 받는 서신을 남겨 두었다.

그 자식은 수많은 상인의 눈에서 눈물을 흘리게 했으며, 상인들 사이에 오해와 반목을 불러일으킨 놈이다.

그 새끼 때문에 섬서성 상인들에 대한 인식까지도 나빠졌다.

실제로 섬서갈이 친 사기 때문에 자살한 책임자도 다수였다.

죽기는 왜 죽는단 말인가.

진짜 죽어야 할 놈은 따로 있는데.

웃긴 건 한 번 사기 친 상단에는 다시 접근하지 않는다는 것이다.

내 기억 속에서 그가 우리 상단에 접근하지 않은 이유가 이거였군.

오늘의 복차 사기, 그러니까 이미 은해상단을 대상으로 사기를 쳤던 거다.

당시 나는 실무 삼 년차로 재경각에서 서류에 파묻혀 있었다.

사기를 당해서 은자 천 냥의 손해를 봤다는 그런 이야기를 얼핏 들은 기억이 난다.

내가 직접 겪은 일은 아니었기에, 이번에는 섬서성에 오면서도 섬서갈을 떠올리지 못한 것이다.

섬서갈에 대한 그 원망과 죽음이 쌓여 하늘에 닿은 것인지 놈은 결국 잡혔다.

그 자식을 잡은 건, 어린아이였다.

뭔가 이상함을 느낀 어린아이의 말과 그 말을 흘려듣지 않은 상단 사람의 합작이었다.

추포된 섬서갈은 심문을 받았고 그 와중에 밝혀진 바에 의하면 그가 사기를 친 상단이 오백여 곳이 넘는다는 것이었다.

웃긴 건 사기를 친 이유다.

별다른 이유도 없었다.

그냥 재밌어서 그랬단다.

자신에게 속아 넘어가는 모습이 재밌어서.

그러니까, 자신의 재미를 위해서 피해자들의 눈에서 피눈물을 뽑아낸 나쁜 놈이었다.

더 가관인 건 그로 인해 자살한 이에 대해 미안하지 않으냐는 물음에 대한 답이었다.

"누가 죽으라고 그랬습니까? 그게 왜 내 책임입니까? 나에게 사기당하고도 멀쩡히 살아 있는 사람들도 많은데. 그건 죽은 사람들이 나약해서 그런 겁니다."

개소리였지.

그의 죽음은 끔찍했다.

이 사건을 보고받은 황제가 "그동안 수많은 이들을 벗겨 먹었으니 그대로 돌려주는 게 맞을 듯하군."이라고 말하며 살아 있는 상태로 피부를 벗기는 형벌에 처했기 때문이다.

잔인한 죽음이었다.

형 집행자에게 이제 그만 죽여 달라고 애원하며 빌었다고 하던데, 본인의 죽음은 재미없었나 보다.

그건 먼 나중의 일이었고, 지금은 우리 코가 석 자다.

은자 천 냥의 손해라고 하면, 결국은 돈을 날렸다는 의미니까.

 나는 속으로 섬서갈에게 엄청 심한 욕을 하며 엄삼택 행수를 보았다.

 "아이고, 이를 어쩌면 좋나…… 아이고……."

 엄삼택 행수는 바닥에 주저앉아 어찌할 바를 모르고 있었다.

 받은 물건도 제대로 된 물건이 아니다.

 돈은 이미 가지고 날랐다.

 그렇다고 현지에서 자금을 마련하여 차를 다시 구매할 수 있는 상황도 아니었다.

 이곳에서 팔기 위해 가져왔던 물건들도 섬서갈이 가지고 날랐다고 하니까.

 그렇다고 돈을 빌리자니 엄 행수에게는 상단의 이름으로 돈을 빌릴 권한이 없었다.

 결국, 이대로 되돌아갈 수밖에 없었다.

 그리고 엄 행수는…….

 아무래도 그 책임을 면하기는 어려울 거다.

 솔직히 은자 천 냥 정도는 지금 내 주머니에 있다.

 귀면포 노인이 선물로 준 주머니는 은자 오십 냥 정도는 전표가 아닌 그냥 은자를 넣어 놔도 솜털같이 가벼웠다.

 하지만 지금 내가 가지고 있는 돈으로 차를 다시 사는 건 내 자존심이 허락하지 않았다.

나쁜 새끼.

감히 우리 은해상단을 건드려?

내 특기 중 하나가 바로 너 같은 새끼 탈탈 털어먹는 거라서 말이지.

기대해도 좋아.

네 속옷까지 털어먹어 줄 테니까.

나는 팔갑에게 말했다.

"우이상단으로 가는 건 잠시 미루도록 해."

"알겠습니다요."

그러곤 엄 행수에게 제안했다.

"상황이 이러니, 잠시 제가 이곳의 지휘를 맡겠습니다. 동의하십니까?"

엄 행수는 체념한 표정으로 고개를 끄덕였다.

"국주님 뜻대로 하십시오. 저는 이를 어찌해야 할지 도저히 모르겠습니다."

충격이 큰 듯했다.

나는 엄 행수를 따라다니던 몸종에게 말했다.

"행수님을 잘 살펴 드리세요."

"알겠습니다."

나는 그들 앞에 서서 당당히 말했다.

"지금부터 명을 내리겠습니다. 이 행수는 이곳에서 섬서갈이라는 자에게 사기를 당한 다른 상단이 있는지 알아보십시오. 있다면 수법과 피해 규모 등 자세하게 알아

내 오세요."

"네."

"어 행수는 우리가 당한 피해액을 산출하세요."

"알겠습니다."

"심 행수는 사기꾼들이 차라고 가져온 물건들, 어떻게 만들었는지 연구하세요."

"네?"

"엄 행수의 눈을 속일 정도의 솜씨로 만든 차입니다. 이곳에서 뛰어난 흑차, 그것도 벽돌 모양의 전차(塼茶)를 만들 수 있는 장인의 가치는 얼마나 됩니까?"

"아! 그렇군요!"

심 행수는 내 말뜻을 알아차린 듯했다.

"그 솜씨를 보면 누가 전차를 만들었는지 알겠군요."

그러면 어느 차밭에서 만들었는지 알 수 있을 것이고, 그게 섬서갈을 잡을 수 있는 하나의 단서가 될 터다.

그때 우리가 팔려고 가지고 온 물건들을 그쪽에서 처리해 준다고 가져갔다는 사실이 떠올랐다.

나는 사부님께 다가갔다.

"표두님께 청이 있습니다."

"말씀하십시오."

"쟁자수들의 도움을 받았으면 합니다. 이에 대한 삯은 추가로 쳐 드리겠습니다."

"그렇게 하십시오. 그리고 어차피 함께 돌아가야 하는

일정이니 삯은 각 개인에게 지급해 주십시오."

"알겠습니다."

나는 표물을 점검했던 쟁자수들을 찾았고, 쟁자수들의 우두머리 격인 상자수에게 다가갔다.

"표두님과 제 이야기를 들으셨겠지만, 도우시는 대가로 삯을 지불하겠습니다."

"뭘 삯까지 주십니까? 저희가 한두 해 본 사이도 아니고 어려울 땐 서로 도와야지요."

그 말에 다음 서열인 듯 보이는 자가 말했다.

"상자수님 말이 맞습니다. 저희는 이 어려운 상황에서도 돈을 밝히는 그런 놈들 아닙니다."

"제가 드리고 싶어서 그럽니다."

아무 대가도 없이 돕겠다니, 정말 고마웠다.

하지만 그 마음은 마음만 받아야 한다.

추가로 돈을 줄 수 없는 상황도 아닌데 말이지.

"저희가 이곳에 가지고 온 상품들이 있습니다. 그 상품들이 거래가 되고 있는지 알아봐 주십시오."

"알겠습니다."

우리가 가지고 온 물건들은 사탕이다. 이곳 섬서성은 사탕이 생산되지 않는 곳이다.

물에 잘 녹는 사탕인 만큼, 조심조심 힘들게 가져왔는데 그걸 홀랑 가져가 버려?

생각할수록 성질나네.

하지만 덕분에 그들의 꼬리를 빨리 잡을 수 있게 되었다.

섬서갈은 욕심이 과했다.

그때 어 행수가 조심스럽게 말했다.

"저, 문제가 있습니다."

"뭡니까?"

"저희가 사실 내일모레 떠나기로 했는데, 일이 이리되면 체류비가 모자랄 듯합니다."

그 말에 나는 두말하지 않고 내 주머니에서 전표를 꺼내어 건넸다.

"이거면 되겠습니까?"

"아!"

전표의 금액을 본 그는 깜짝 놀라 대답했다.

"네, 충분합니다."

"전표를 바꾸러 갈 때 은풍대 무사들과 동행하도록 하십시오."

"알겠습니다."

내 주머니에서 돈을 꺼내어 체류비로 쓰는 것이지만, 아깝지 않았다.

섬서갈에게서 지금 지출한 것보다 더 많은 금액을 털어 올 작정이니까.

나는 어 행수에게 작은 목소리로 말했다.

"우리 상단이 당한 피해액, 최대한 많이 부풀리세요."

"네?"

"아주 조금이라도 손해 봤다 싶은 건 무조건 금액으로 산출하세요. 아셨습니까?"

"알겠습니다."

* * *

곽명현은 잠시 볼일을 보고 오는 중이었다.

그도 그렇고 부표두도 개인적인 일이 있었기에 번갈아 가면서 경계를 서기로 했기 때문이다.

사실 아직 경계를 설 필요성은 없었다.

지킬 표물이 없었으니까.

하지만 그렇다고 해서 일을 방임할 수는 없는 법.

'그나저나 사기라니……'

솔직히 그가 표국에서 일을 하면서 이런저런 꼴을 많이 봤지만, 이런 건 처음이었다.

다른 것도 아니고 상단을 상대로, 거래 상대라고 착각하게 만들어 사기를 치다니.

대담한 건지, 대단한 건지…….

하지만 어쩐지 이번에는 그들이 실수한 것 같다는 생각이 들었다.

그의 제자이자 현풍국의 국주인 은서호는 이야기를 듣자마자 빠르게 상황을 파악했다.

그리고 즉시 엄삼택 행수에게 권한을 인수받아 명령을

내렸다.

 그 명령들은 하나같이 정확하고 필요한 것들이었다.

 보통 이런 상황에서는 정신이 혼란스러워져 시의적절하게 대처하지 못한다.

 그건 엄 행수도 마찬가지였다.

 대행수였지만, 이런 초유의 사건은 처음일 테니까.

 그가 알기로 엄삼택 행수는 십 년 이상 일을 해 온 사람이다.

 그런 그도 대처할 바를 모르고 넋이 나가 있는데, 소단주가 되어 본격적으로 상단 일을 시작한 지 일 년이 겨우 넘은 은서호는 망설임 없이 일을 진행했다.

 곽명현은 은서호의 검술 스승이다.

 그렇기에 은서호의 눈에 담긴 의지를 읽을 수 있었다. 그건 반드시 섬서갈이라는 사기꾼을 잡겠다는 의지였다.

 그리고 그동안 그가 지켜본 은서호는 한다면 하는 사람이었다.

 '익히는 데 일 년은 넘게 걸리는 빙해수절공을 보름 만에 익혔으니 말 다한 거지.'

 보름 만에 익힌다는 말은 그냥 해 본 말인데, 정말 보름 만에 익혀 버린 거다.

 그는 이 일을 은서호가 어떻게 해결할지 궁금했다.

 어느새 곽명현은 그들이 머무는 객잔에 도착했다.

 "오셨습니까?"

"별다른 일은 없었나?"
"네, 없었습니다."
"그런데 손님들이 있는 듯하군."
"아, 피해자들입니다."
"피해자?"
"그 사기꾼에게 당한 피해자들 말입니다. 저희 쪽을 빼고도 벌써 세 곳이나 됩니다. 그리고 그 상단의 상단주들을 국주님이 초대하셨습니다."

* * *

나는 객잔에 있는 내 방에 들어온 이들을 보았다.
그들은 섬서성에서 활동하는 상단의 상단주들로서, 섬서갈에게 사기를 당한 피해자이기도 했다.
나는 간단하게 나를 소개했고, 단도직입적으로 말했다.
"각자 사기당한 금액이 얼마나 되십니까?"
"그건 왜 묻는가?"
그 물음에 나는 미소 지었다.
"저희 상단은 은자 삼천 냥의 피해를 보았습니다."
내 말에 세 상단주는 헛바람을 들이켰다.
어 행수는 내 지시대로 착실하게 피해액을 산출했고, 지난 삶에서 은자 천 냥이었던 피해액은 삼천 냥이 되었다.

"저희 은해상단은 저희에게 사기를 친 섬서갈이라는 사기꾼을 반드시 잡을 생각입니다. 그래서 세 분을 모신 겁니다."

그때 한 상단주가 조심스럽게 물었다.

"일을 도우면, 저희가 본 피해액을 돌려받을 수 있습니까?"

"피해액이 얼마나 되십니까?"

"은자…… 삼십 냥입니다. 액수가 가장 적기는 합니다만……."

"그게 무슨 말입니까?"

나는 말을 이었다.

"은자 삼십 냥이든, 삼천 냥이든 똑같이 고생해서 번 돈입니다. 우리가 발에 쥐가 나도록 발품 팔아서 상권을 분석하고! 경쟁 상단과 피 터지게 싸우면서! 고객들에게 굽실거리면서! 피땀 흘리고 피눈물 삼키면서 번 돈입니다. 그 가치는 같습니다."

내 말에 세 상단주는 감격한 듯 눈시울이 붉어졌다.

"저, 저희의 피해액은 은자 이백 냥입니다."

"저희는 은자 오백오십 냥입니다."

"약속드리죠. 사기꾼을 잡는다면 최대한 그 피해액을 돌려받을 수 있도록 하겠습니다."

내 말에 감동해서인지 아니면 피해액을 돌려받을 수 있게 해 준다고 해서인지 세 상단주는 협조를 약속했다.

"그런데 관에 신고는 하셨습니까?"

내 물음에 그들은 고개를 끄덕였다.

"신고야 했습니다만."

그들의 말에서, 관에서 적극적으로 나서지 않는다는 것에 대한 울분과 체념, 허탈함 등이 느껴졌다.

"그렇군요. 그럼 당시 어떤 상황이었지 알려 주시겠습니까?

세 상단주는 자신들이 당한 사기 경험을 이야기해 주었다.

난 그들과 우리 쪽의 사례를 분석하여 공통점을 알아냈다.

그건 바로 내부인이 아니라면 모르는 정보를 섬서갈은 알고 있었다는 것이다.

엄 행수가 사기를 당했다는 말에 혹시나 했는데 역시였네.

그렇다면 그 내부 정보를 어떻게 알아냈을까?

그 정보란 쉽게 꼬드길 수 있는 위치의 이들은 모르는, 중요한 것들이었다.

따라서 어느 정도의 위치에 있는 이들을 구워삶았을 것으로 생각할 수 있겠지만, 나는 섬서갈의 수법을 안다.

섬서갈은 상단에 공범을 두지 않았다.

인피면구로 분장하고 진짜 그 사람처럼 연기했기에 당하는 사람도 깜빡 속았던 것이다.

그렇기에 그렇게 오랫동안 잡히지 않은 것이다.

피해 상단이든 자신이 행세한 상단이든 꼬리를 남기지 않았으니까.

진짜 사람 얼굴 가죽이 아닌, 밀랍과 돼지가죽으로 인피면구를 만들기 위해서는 그 얼굴의 본을 떠야 한다.

하지만 얼굴의 본을 뜨는 것도 그렇고 그 얼굴을 자세하게 묘사하는 건 제법 시간이 걸리는 일이다.

하지만 얼굴 본을 뜨게 둘 수밖에 없는 곳이 있다.

섬서갈이 잡히지 않았던 두 번째 이유가 바로 거기에 있었다.

나는 그들에게 한 가지 정보를 요구했다.

"혹시, 여러분들이 단골로 가는 기루가 있으십니까?"

.

.

.

피해 상단주들을 배웅한 나는 다급하게 다가오는 이들을 보았다.

상자수와 쟁자수들이다.

"국주님의 말씀대로입니다."

"시장에 사탕이 풀렸고, 살펴보니 저희가 이번에 가져온 사탕이 틀림없었습니다."

"한번 가 보죠."

나는 즉시 사탕이 팔리고 있다는 곳으로 향했고, 그곳

에서 사탕을 어떻게 구했는지 수소문했다.

그렇게 나는 한 상단에 당도했다.

그 상단의 이름은 녹금상단(綠金商團).

상단의 상단주가 녹씨라서 그리 이름 지었다고 했다.

나는 처음부터 여기가 섬서갈의 본거지라는 것을 알고 있었다.

이곳의 상단주가 분명 섬서갈이다.

하지만 다짜고짜 '여기에 범인이 있습니다.'라고 할 수는 없는 일이다.

"저 녹금상단에서 각각의 소매상들에게 넘긴 사탕의 양을 따져 보니, 저희가 가지고 온 양과 거의 비슷합니다."

"저곳이 그 섬서갈이라는 사기꾼이 있든지 아니면 그에 동조한 곳이 틀림없습니다."

"당장 가서 따져 물어야겠습니다!"

이 행수의 말에 나는 고개를 저었다.

"그건 안 됩니다."

"어째서입니까?"

"증거, 있습니까?"

"네?"

"저들이 섬서갈이라는 증거와, 저들이 넘긴 사탕이 우리가 가지고 온 사탕이라는 증거 말입니다."

"저들이 사탕을 어떻게 구했는지를 추궁하면……."

"그렇게 철저하게 준비해서 사기를 친 자들입니다. 그

정도 증거를 만들어 두지 않았을 리 없죠."
 내 물음에 이 행수는 말을 잇지 못했다.
 어 행수가 물었다.
 "그럼 어떻게 하자는 말씀입니까?"
 "지금부터 그 증거를 찾을 생각입니다."
 나는 그에게 말했다.
 "황 행수에게 좀 보자고 하십시오. 그리고 윤 조장님."
 나는 은풍대 사 조장 윤지심을 불렀다.
 "저들을 감시해 주십시오."
 "알겠습니다."

 잠시 후.
 나는 내가 머무는 객잔으로 찾아온 황 행수와 이번 일에 관해서 이야기했다.
 "제가 도와드릴 수 있는 것이라면 도와드리겠습니다. 오랫동안 저희와 거래하셨던 곳인데 당연히 도와드려야지요."
 나는 그 말을 거절하지 않았다.
 "혹시 단골로 가는 기루나, 최근에 다녀오셨던 기루가 있으십니까?"

 .
 .
 .

나는 내 방에 있었다.

다탁 위에는 피해를 봤던 세 상단의 상단주와 황 행수가 자주 찾는 기루의 명단이 있었다.

내가 섬서갈을 악질이라고 생각하는 건 섬서갈이 그동안 쉽게 잡히지 않았던 또 하나의 이유다.

바로 힘없는 기녀들을 조종했기 때문이다.

섬서갈에 대한 수사망이 좁혀졌을 때 기녀들은 거짓말을 했고, 그로 인해 섬서갈은 몇 번이나 수사망을 피할 수 있었다.

이에 대한 추궁을 받으면 기녀들은 자결했다.

왜 그랬을까?

섬서갈이 손에 넣은 기물 때문이었다.

자신과 정을 통한 상대를 조종하는 기물인데, 그걸 이용해 기녀들을 조종하여 자신을 돕게 한 것이다.

나는 기루의 명단에서 섬서갈을 도운 것으로 가장 유력한 기루의 이름을 보았다.

수옥루(水玉樓).

한번 가 볼까?

.
.
.

잠시 후, 나는 수옥루에 들어섰다.

그런 내 뒤에는 팔갑과 두 호위무사가 따랐다.

"어서 오십시오, 나으리!"

나는 지금 죽립을 쓰고 있었다.

죽립은 보통 자신의 신분을 감추려는 자들이 쓴다. 하지만 내가 쓴 죽립의 장식 때문에 이곳에서 문전박대를 당하지는 않았다.

"술상 하나 봐 오너라."

나는 일부러 거드름을 피우며 말했고, 내 말에 기루의 점소이가 꾸벅 고개를 숙였다.

"그리하겠습니다. 우선 자리로 안내해 드리겠습니다."

나는 점소이가 안내하는 자리에 앉았다.

"여기에 주월(酒月)이라는 아이가 있다지?"

"예, 저희 수옥루의 자랑 중 하나죠. 그런데 주월이를 부르려면 좀 힘든데……."

그 말에 나는 주머니에서 은전 하나를 꺼내 던졌다.

점소이는 환한 미소를 짓더니, 고개를 꾸벅 숙였다.

"제가 힘 좀 써 보겠습니다."

점소이가 나간 후, 나는 한숨을 내쉬었다.

아, 진짜 이 짓도 못 해 먹겠네.

음악도 시끄럽고, 웃음소리도 귀에 거슬리고.

상단 일을 하다 보면 기루에 들르는 경우가 있긴 했지만 나는 기루가 싫다.

이런 환경이니 술에 약을 타서 인사불성으로 만들고 얼굴의 본을 떠도 아무도 몰랐겠지.

그리고 술을 먹다 보면 사업적인 기밀도 한두 개 나오기 마련이다.

 미녀가 옆에 붙어서 알랑대는데 말 안 하면 진짜 대단한 남자가 아니겠는가.

 이곳이 황 행수가 자주 찾는 기루이다.

 그리고 주월이라는 기녀는 황 행수를 접대했던 기녀인데, 황 행수가 깜빡 졸다 깨어 보니 그녀의 무릎을 베고 자고 있었다던가?

 "불편하신 모양입니다요?"

 옆에 붙어 있던 팔갑이 작은 목소리로 물었고, 나는 고개를 끄덕였다.

 "응, 죽겠네."

 "그런데 어떻게 기녀들을 설득하시려고 그러십니까? 기물 때문에 조종당하고 있다면서요?"

 "방법이 있어."

 곧 문이 열리고 기녀가 들어왔다.

 "소녀를 찾으셨습니까?"

 "네가 주월이냐?"

 "그러하옵니다."

 나는 가만히 그녀를 바라보았다. 그녀가 방에 들어오자마자 속이 울렁거렸다.

 '왜지……? 아!'

 나는 곧 그게 흑도를 마주했을 때 느꼈던 것과 비슷한

증세임을 깨달았다.

고개를 갸웃하던 그녀가 말했다.

"소녀가 술 한잔 따라 드리겠습니다."

그녀는 나에게 다가와 술을 따랐다. 나는 그 잔을 들며 그녀에게 물었다.

"혹시, 녹금상단주를 아느냐?"

"……."

순식간이지만, 나는 그녀의 표정을 읽었다.

안다는 표정이다.

역시 내 앞의 기녀가 섬서갈의 조력자다.

하지만 그녀는 고개를 저었다.

"모르옵니다."

거짓말이다.

그녀의 몸이 떨리고 있었다. 그건 두려움과 같은 느낌이 아니다.

부자연스러운 그 떨림은, 몸이 뭔가에 통제당하고 있다는 의미다.

내가 속이 울렁거리는 건 그녀가 사술에 걸려 있다는 증거가 확실하다.

그 기물로 인한 조종은 사술의 일종이었으니까.

그렇다면 그 통제, 풀어 줘야 마땅하지.

나는 내 기운을 끌어 올렸다.

"태음빙해신공을 익힌 자는 그 기운이 워낙 차고 정순하여 사술에 걸리거나 미혹당하지 않습니다."

사부님의 말대로, 나는 한 번도 사술에 걸리거나 미혹당한 일이 없다. 덕분에 여러 난관을 헤쳐나간 적도 있었다.
차에 미혼약을 타는 등의 치졸한 방법을 사용하는 거래 상대가 몇몇 있었으니까.

"그건 그 기운의 영향을 받은 이들에게도 마찬가지입니다."

나는 끌어 올린 태음빙해신공의 기운을 넓게 펼쳤다.
내가 사용하려는 방법은 저번에 제갈세가에서 사자후로 진법에 영향을 받은 이들을 정신 차리게 했던 것에서 착안한 방법이다.
그땐 워낙 넓어서 사자후를 사용해야 했지만, 지금은 그럴 필요가 없다.
그냥 이대로 기운을 넓게 방 안에 퍼트리기만 하면 기녀의 통제는 풀릴 거다.
그렇게 생각했는데…….
화아악-!
하나 깜박한 게 있었다.

내 내공이 더 많아졌다는 것을.

그러다 보니 기운이 방을 넘어 기루 대부분까지 퍼져 버렸다.

"아, 갑자기 술이 깨네?"
"추워서 그런가?"

옆방에서 들리는 소리에 나는 뺨을 긁적였다. 그리고 내 앞의 주월이라는 기녀를 보았다.

그녀에게서 더 이상 울렁거림이 느껴지지 않았다.

기물의 조종이 끊어진 것이다.

"허억!"

그녀는 크게 숨을 들이켜더니 자신의 손을 들어보았다.

"어?"

거드름 피우는 돈 많은 한량을 연기할 필요가 없게 되었으니 하오체를 쓸 필요도 없었다.

나는 정중하게 물었다.

"이제 녹금상단주에 대해서 말해 줄 수 있겠습니까?"
"녹금상단주는 개새끼예요."

그녀는 그러더니 화들짝 놀랐다.

"옴마야! 내 마음대로 말을 할 수가 있다니!"
"당신을 조종하던 기운을 제가 끊어 버렸습니다."
"아……."

그녀의 눈에서 눈물이 흘렀다.

"정말…… 정말 감사합니다."
"그럼."
나는 죽립을 벗어 옆에 놓으며 말했다.
"녹금상단주에 대해서 말해 주십시오."
"……!"
그런데 주월이라는 기녀가 나를 바라보는 눈동자가 뭔가 이상했다.
왜 갑자기 행복하다는 표정을 짓는 거지?
"어쩜 이렇게 잘생기셨을까. 아……."
"……."
나는 말을 이었다.
"녹금상단의 상단주……."
"아! 그 나쁜 놈이 말이죠……."
그녀는 녹금상단주에 대해서 말해 주었다. 제법 유용한 정보들이었다.
"혹시 그자에 대해 아는 다른 기녀들이 있습니까?"
"잠시만요!"
그녀는 방을 나서더니 잠시 후, 다른 기녀들을 데리고 들어왔다.
그녀들은 자신들이 아는 것에 대해서 전부 말해 주었다.
내 태음빙해신공의 기운이 이 객잔을 전부 덮은 덕분인지 단번에 그녀들에 대한 기물의 조종이 풀려 있었다.
"그런데, 제가 술 한잔 사 드려도 될까요?"

"저, 오늘 저녁에 한가한데…….."

"오늘 밤은 소녀가 소녀의 돈으로 모시겠습니다!"

그녀들의 제안에 나는 어색하게 웃으며 거절했다.

"오늘 바쁜 일이 있어서……."

나는 뭔가 싸한 기운이 느껴져서 뒤를 돌아보았다. 내 뒤쪽에 앉아 있던 팔갑의 눈이 할 말이 많아 보였다.

"뭐냐? 방금 눈으로 욕한 것 같은데?"

"얼굴만 밝히는 더러운 세상을 욕했습니다요."

* * *

녹금상단.

상단주 녹일은 어릴 때부터 자신에게 남다른 재주가 있다는 것을 깨달았다.

바로 남을 속이는 재주였다.

시작은 동무를 속여 당과를 뺏어 먹은 것이다. 그리고 그의 행동은 점점 대담해졌다.

재밌었다.

자신에게 속는 이들을 보는 것도 재밌었고, 그 과정에서 얻는 것들도 재밌었다.

그로 인해 다른 이들이 피눈물을 흘리든, 곤란해지든 그런 건 그의 안중에 없었다.

'세상 재밌게 살면 되는 거 아닌가?'

그게 그의 생각이었으니까.

그리고 몇 년 전부터 그는 본격적으로 사기를 치기 시작했다.

상대는 상인들이다.

그만큼 얻는 것이 많았으니까.

아슬아슬한 만큼 재미도 있었으니까.

이제 웬만한 자극에는 재미가 없었다.

그래서 이제는 좀 크게 사기를 쳐 볼까 했다.

그 대상은 은해상단.

그가 지금까지 상단을 상대로 네 번이나 되는 사기를 쳤음에도 잡히지 않은 건 우연히 손에 넣은 한 기물 덕분이었다.

지금 그의 손에 들린 지푸라기로 만든 인형인 제웅이 바로 그 기물이다.

제웅에는 수십 가닥의 머리카락이 묶여 있었다.

자신과 정을 통한 이성의 머리카락을 제웅에 묶으면 그 이성을 조종할 수 있었다.

이를 이용해서 기녀들을 조종했고, 조력을 얻어 온 것이다.

그런데, 뭔가 이상한 일이 일어났다.

제웅에 묶어 놓았던 머리카락 일곱 가닥이 갑자기 끊어져 버린 것이다.

'대체 왜지?'

이런 일이 없었다.

아니, 있기는 했다. 처음으로 자신이 조종했던 상대인 자신의 처였다.

어느 날, 그녀는 녹일의 비밀을 알게 되었고 그에게서 도망을 쳤다.

분노한 녹일은 도망가던 그녀를 조종하여 죽였다.

그때 제웅에 묶어 놓았던 그녀의 머리카락이 끊어졌다.

자신이 알기로는 죽음이 아니고서야 스스로 제웅의 조종을 풀 방도가 없다.

아니면 제웅의 주인인 녹일이 제웅에 묶은 머리카락을 자르든지.

하지만 자신이 그런 짓을 할 리는 없으니…….

'아무튼, 이거 뭔가 이상한데?'

녹일이 자신의 제웅을 보며 고민하고 있을 때 문밖에서 수하의 목소리가 들렸다.

"상단주님."

"들어와라."

자신의 방에 들어온 수하가 말했다.

"은해상단은 아직 떠나지 않고 있습니다."

"멍청하기는…… 아직도 미련이 남았나 보군. 그냥 후딱 돌아갈 것이지, 귀찮게 사비까지 들여서 남아 있는 건지……."

"그러게 말입니다."

수하가 말을 이었다.

"아, 그 노인네는 어떻게 할까요?"

"누구?"

"차 만든 노인네 말입니다."

이번에는 상대가 상대인 만큼 대담하게 움직였다.

흑차를 만들다가 은퇴한 노인을 납치하고 협박하여 풀로 차를 만들게 했으니까.

하지만 그 노인의 증언으로 자신이 사기꾼이라는 것이 밝혀진다면 곤란했다.

그러니 순순히 풀어 줄 수는 없었다.

"뭘 어떻게 해? 입 털면 곤란해. 죽여."

"알겠습니다."

어차피 자신의 손을 더럽히는 게 아니기에 서슴없이 명을 내렸다.

그때였다.

"모두 포박하라!"

"네!"

갑자기 관군들이 들이닥쳤고, 순식간에 녹금상단을 에워쌌다.

녹일은 대체 이게 무슨 일인가 싶었다.

자신의 방으로 난입한 관군들은 그와 수하를 포승줄로 묶었다.

그가 관군에게 물었다.

"이게 무슨 짓입니까? 우리에게 무슨 죄가 있다고 이러는 겁니까?"

"이미 죄가 드러났다. 네놈이 섬서갈이라는 것이 말이다!"

* * *

나는 현청에 있었다.

해가 뉘엿뉘엿 지는 가운데, 마당에는 한 무리의 이들이 무릎을 꿇고 앉아 있었다.

그들 가운데 앉아 있는 자의 이름은 녹일.

저자가 바로 섬서갈이다.

지난 삶에서 그가 죽을 땐 중년이었다. 하지만 지금은 젊다.

그 세월만큼 많은 이들에게 사기를 치면서 살아왔다는 의미겠지.

그보다 더 많은 기녀를 조종하면서.

"대인! 저는 억울합니다!"

"허허! 죄인은 닥치거라! 너의 악행을 증언하기 위해 저 수많은 이들이 왔느니라!"

그 옆에는 증인으로 나온 이들이 서 있었다.

기녀들이다.

솔직히 나는 기녀들이 증언하겠다고 현청에 온다고 했을 때 놀랐다.

그건 예상하지 못했으니까.

조종당해서 그리했다지만, 잘못하면 그녀들도 벌을 받을 수 있는데 말이다.

"제가 증언하겠습니다."

주월이라는 기녀가 말했다.

"열흘 전, 저자가 저에게 부탁했습니다. 황 행수를 잠들게 하고 그 얼굴의 본을 떠 달라고 했습니다."

"그래서 그리했느냐?"

"네."

"대가가 있었느냐?"

"없었습니다. 하지만 그렇게 할 수밖에 없었습니다. 알 수 없는 힘이 저를 강제했으니까요."

"사술에 걸렸었다는 것이냐?"

그 말에 나는 앞으로 나섰다. 이후로는 내가 대답해야 할 내용이었으니까.

"그렇습니다. 여기 이 기녀들은 사술에 걸려 있었습니다."

내 말에 녹일, 아니, 섬서갈의 눈동자가 흔들렸다.

그도 그럴 테지.

내가 사술임을 알아냈으니까.

"그대는 어떻게 해서 기녀들의 사술을 풀었는가?"

"사실, 제가 사술을 푸는 무공을 익히고 있습니다."

"역시 그랬군."

그때 은풍대의 무사들과 관군들이 우리 쪽으로 왔다.

"말씀하신 대로, 이것들을 발견했습니다."

그들이 가지고 온 건 인피면구다.

기녀들은 인피면구가 숨겨진 곳에 대해 알려 주었고, 그걸 찾아서 가지고 온 것이다.

녹일은 그것을 당연히 녹금상단에 숨기지 않았다.

전혀 예상하지 못했던, 인적이 드문 집에 그걸 숨겨 놓은 것이다.

기녀들의 말에 의하면 그곳이 접선 장소였다고 한다.

그녀들을 조종하고 있다고 믿었으니, 서슴없이 알려 주었겠지.

"또한, 그곳에 감금되어 있던 자를 발견했습니다."

그들 옆에는 한 노인이 따라오고 있었다.

초췌한 표정의 노인을 본 지현 대인이 말했다.

"의자를 가져다 드리거라."

"네."

노인이 의자에 앉자 지현 대인이 물었다.

"그래, 노인장은 왜 감금되어 있던 것이오?"

"그것이……."

노인은 포박된 녹일을 보더니 말했다.

"저는 납치되었습니다. 그리고 저에게 풀로 차를 만들지 않으면…… 손자를 죽이겠다고 했습니다."

나는 그 노인이 누군지 알 것 같았다.

우리 손에 들어온 가짜 차를 조사한 십 행수가 말하길 '오씨네 차밭'의 솜씨라고 했었으니까.

오씨 노인의 말에 녹일이 발끈했다.

"저는 그런 적 없습니다. 저 노인네가 노망이 나서 그리 말한 것이고 애초에 저는 저 노인을 본 적이 없습니다!"

"허허! 조용히 하라!"

계속 이렇게 발뺌하겠다는 거지?

솔직히 지금 결정적인 증거는 없었다. 지금 나온 증거들은 얼마든지 세 치 혀로 뒤집을 수 있었으니까.

여기서 그 혀로 뒤집지 못하는 증거가 나온다면 과연 녹일, 아니, 섬서갈은 어떻게 나올까?

"자비롭고 현명하신 지현 대인, 소상이 한 말씀 아뢰겠습니다."

"그래, 말해 보시게."

"실은, 저희 은해상단의 엄삼택 행수가 거래하기 위해 찾아온 황 행수에게 철관음 차를 대접한다는 것이 그만 다른 것을 대접했다고 합니다."

"다른 것?"

"초오입니다. 엄 행수가 관절염이 있어서 달여 놓은 약을 준 겁니다."

투구를 닮은 꽃이 피는 초오는 관절염에 쓰이는 약이기도 했다.

"그런데 그걸 많이 마셨다고 걱정했습니다. 왜냐하면,

그건 많이 쓰면 독초가 되기 때문입니다."

"독초?"

"네. 처음에는 소화가 되지 않고 메스꺼우며 신물이 넘어오는 등의 증상을 보이다가, 이틀 뒤부터 점점 피부가 차가워지며 호흡이 저하되고 심장박동이 느려지다가……."

나는 잠깐 뜸을 들이다가 말을 이었다.

"사망합니다."

나는 섬서갈을 보며 걱정스러운 표정을 지었다.

"그래서 걱정되는 겁니다. 중독되어 죽을 정도의 양을 마셨기 때문에 말입니다."

"……."

내 말에 섬서갈의 두 눈이 흔들렸다.

사실 소화가 되지 않고 신물이 넘어오는 등의 증상은 이곳 섬서성의 사람들이라면 달고 사는 고질병이다.

주식이 밀가루이기 때문이다.

하지만 그걸 모른 상태에서 그걸 독초에 중독된 증상이라고 하니 식겁하겠지.

"제가 범인을 찾으려는 이유가 그것 때문입니다. 아무리 사기꾼이라고 해도 저희의 실수로 인해 죽는다는데 그건 막아야 하지 않겠습니까?"

"그건 그렇지."

"해독제로 감초와 검은콩을 달여 마시거나 사탕을 먹으면 되긴 합니다만……."

나는 지현 대인을 보며 말을 이었다.

"여기 이자는 자신이 범인이 아니라고 하니, 초오를 마신 것 또한 아닐 거라 생각합니다. 참 다행입니다."

"그렇다면 우리 또한 다행이군. 송장을 치운다는 게 제법 힘든 일이라서 말이지."

지현 대인이 고개를 끄덕이며 말했다.

"오늘은 여기서 심문을 마치겠다. 저들을 옥에 가두어라!"

"네!"

* * *

그날 밤.

나는 녹금상단 안에 있었다.

지금 관군들이 이곳을 지키고 있었지만, 무흔보법 덕분에 내가 이 안에 들어온 것을 알아차리지 못했다.

내가 이곳에 온 이유는 반드시 찾아야 하는 것이 있었기 때문이다.

바로 기녀들을 조종했던 기물이다.

그 기물이 과연 어디에 있을까?

사기를 칠 때 사용했던 도구들은 자신과 관련이 없어 보이는 곳에 숨겼었다.

하지만 항시 옆에 두고 누군가를 조종하는 데 사용했던

기물이 그런 곳에 있을까?

아니다.

그가 가지고 있었을 가능성이 높았다.

그리고 그가 잡혔을 때 자신의 방에 있었다고 했다.

나는 녹일의 방으로 들어갔다.

그리고 녹일이 관군들에게 추포당했을 때의 상황을 떠올렸다.

그때 손에 쥐고 있었다면?

아니다. 수하도 같이 있었다면, 그 전에 숨겼을 거다.

빠르게 숨길 수 있는 곳에.

그렇게 방을 돌아보던 중 속이 울렁거리는 걸 느꼈다.

수옥루에서 주월이라는 기녀를 보았을 때 느꼈던 것과 똑같은 느낌이다.

그럼 이 근처에 있다는 의미다.

나는 빠르게 그 주변을 살피며 서탁 아래를 보았다.

씨익 웃었다.

서탁 아래에 숨겨진 서랍이 있었다. 즉시 그 서랍을 열었다.

제웅 하나가 있었다.

그 제웅을 보자 속이 무척이나 역겨워졌다.

이게 바로 기녀들을 조종했던 기물이다.

나는 그것을 들고 인적이 드문 곳으로 향했다.

그리고 주변을 살핀 후 품에서 제웅을 꺼냈다.

내가 겪었던 지난 삶에서 섬서갈이 잡힌 후 이 제웅에 대해서 알려졌다.

황제는 이 제웅을 태워 버릴 것을 명했지만, 이것은 감쪽같이 사라져 버렸다.

제웅이 다시 나타났을 때, 천희환락궁(天僖歡樂宮)이라는 곳의 궁주의 손에 들려 있었다.

흑도무림인 중 하나였던 그녀는 자신과 정을 통한 수많은 남자들을 조종했다.

그로 인해 참혹한 비극이 발생했다.

아버지와 아들이, 형제가 서로 무기를 겨누었다.

나는 내 손에 들린 제웅을 바라보며 피식 웃었다. 그리고 이걸 태워 버리는 것을 선택했다.

왜냐하면, 이건 사용하면 할수록 부작용이 생기기 때문이다.

그 부작용은 다름 아닌, 감정이 사라지는 것이다.

그래서 섬서갈이 더더욱 죄책감 없이 사기를 치고 다녔으며, 천희환락궁의 궁주가 남자들을 유린하고 혈겁을 일으켰어도 눈 하나 깜짝하지 않았던 것이다.

인간은 감정이 있기에 인간이다.

나는 인간이고 싶었다.

더군다나 나는 복수에 성공했을 때의 기쁨을 느껴야 하는데 그걸 느끼지 못한다면 지금의 내 삶에 무슨 의미가 있을까?

 내가 죽었을 당시의 분노가 사라진다면, 이 복수에 무슨 의미가 있을까?

 이 제웅을 태우는 두 번째 이유는, 이걸 사용하기 위해서는 이성과 정을 통해야 하기 때문이다.

 내가 색에 미친놈도 아니고, 내 순정을 이걸 사용하기 위해 버리라고?

 말이 되는 소리를 해야지.

 그리고 세 번째 이유.

 이 제웅은 흑도의 인물이 원한을 가득 담아 만든 것이기 때문이다.

 애초에 제웅이라는 형태를 한 것부터가 세상에 대한 저주의 의미가 담겨 있다.

 연인에게 버려진 후 만들지 않았을까 싶다.

 그러니까 정을 통한 상대를 조종하는 공능이 있는 거겠지.

 아무리 생각해도 이건 쓸수록 세상에 해가 되는 거다.

 하지만 이것도 기물이라고, 그냥 태워서는 타지 않았다.

 나는 비수를 꺼내 왼손 약지를 살짝 베었다.

 윽!

 겁나게 아프네.

 나는 흐르는 피로 제웅의 가슴 위에 해(解)자를 썼다.

 훗날 천희환락궁의 궁주에게서 뺏은 이 제웅을 처리할

때 모산파 도사가 썼던 방법이다.

그걸 땅에 내려놓고 그 위에 기름을 뿌렸다.

그리고 화섭자로 불을 당겨 제웅에 가져다 대었다.

화르륵-!

기름을 잔뜩 머금은 제웅이 순식간에 타올랐다.

나를 역겹게 했던 기운이 사라지고, 이내 울렁거리던 속이 가라앉았다.

그렇게 비극을 가져온 기물인 제웅은 사라졌다.

아, 손가락 쓰라려.

팔갑에게 약 발라 달라고 해야겠다.

그다음에는 섬서갈에게 갈 생각이다.

재미있는 구경거리가 있거든.

* * *

녹일은 옥에 갇혀 있었다.

두 손과 발에는 형틀이 씌워져 있어 자유롭게 움직일 수 없었다.

그나마 다행이라면, 수하들과 분리된 공간에 있다는 거다.

그들을 팔아먹으면, 충분히 풀려날 수 있다.

문제는 자신이 거래할 때 마셨던 차가 독이었다는 거다.

'젠장! 어쩐지 그때 마셨던 차 맛이 특이하다 했더니!'

당시 녹일이 마신 차는 은해상단에서 직접 제조한 차였다.

아직 시중에 나온 차가 아니기에 독차라는 은서호의 말을 믿을 수밖에 없었다.

아까부터 점점 몸이 차가워지는 것 같았다.

'이게 죽는 건가…….'

그때였다.

"주군, 좀 괜찮으십니까?"

"너는……?"

다행히 그를 찾아온 자는 그의 수하였다.

녹일의 명을 수행하느라 녹금상단에 없었기에 잡히지 않은 것이다.

"여기는 어떻게 들어온 거냐?"

"돈을 좀 찔러 줬습니다. 그보다 이거 얼른 드십시오."

수하는 품에서 주머니 하나를 꺼냈다.

"사탕입니다."

그 말에 녹일의 눈동자가 커졌다.

"독차를 드셨고 이게 해독제라고 하더군요. 그래서 가지고 왔습니다."

"역시 너밖에 없구나!"

"어쩌다가 독차를 드신 겁니까?"

수하의 물음에 녹일이 고개를 절레절레 흔들며 대답했다.

"나도 독차인 건 몰랐다. 엄삼택 행수라는 자가 좋은 차라고 하기에 그런 줄로만 알았지! 그런데 이 사탕은 어디서 난 것이냐?"

"저희가 팔아넘긴 사탕에서 좀 빼돌렸던 겁니다."

"아아! 그거구나!"

녹일은 얼른 주머니를 열고는 허겁지겁 그 사탕을 먹었다.

"후, 이제 살 수 있겠…… 헉!"

뭔가 기분이 이상해 고개를 돌린 그는 경악하고 말았다.

아까 자신을 심문했던 지현과 포쾌가 그를 노려보고 있던 것이다.

지현이 싸늘한 목소리로 말했다.

"자네의 자백 잘 들었네."

"……."

그는 경악하여 자신의 수하를 보았다. 어느새 수하의 눈동자도 싸늘해져 있었다.

"설마, 나를 배신한 것이냐?"

"먼저 뒤통수친 건 당신 아닙니까?"

"뒤통수라니?"

"숨겨 놓은 재물이 있더군요. 관제묘 뒤쪽에. 그런데 돈이 없다면서 봉급도 주지 않고!"

"그, 그걸 어떻게?"

그들 가운에 있던 은서호가 말했다.

"사실은, 저희 엄 행수가 대접했던 차는 초오 달인 물

섬서갈(陝西蠍) 〈191〉

이 아니었습니다."

"……?"

"저희 상단에서 출시하기로 한 '행녹(幸綠)'이라는 차였습니다."

"그, 그럼 내가 독을 먹었다는 건?"

은서호는 쐐기를 박았다.

"거짓말이었습니다."

"그 독의 해독제가 사탕이라는 것도?"

그 물음에 대답하지 않고, 은서호는 피식 웃었다.

"저에게 속느라 고생하셨습니다."

그건 섬서갈이 자신에게 사기당한 이들에게 남긴 서신의 글귀였다.

그제야 섬서갈은 자신에게 사기당했던 이들의 마음을 조금이나마 알 수 있었다.

아주 늦었지만 말이다.

* * *

다음 날.

나는 현청으로 향했다.

지현 대인은 웃으며 내 공로를 치하했다.

"그래, 이번에는 자네의 공이 컸네."

그의 말에 나는 포권하며 말했다.

"아닙니다. 대인의 도움이 있었기에 그 사기꾼을 잡을 수 있었습니다. 대인께서 적절한 도움을 주지 않으셨다면 어찌 그 뻔뻔한 자에게서 자백을 얻어 낼 수 있었겠습니까?"

"이 사람, 얼굴에 금칠을 하는군."

그러고는 찻잔을 내려놓았다.

빈 잔에 차를 더 채우지 않는 것을 보니 이대로 대화를 끝낼 생각이다.

범죄로 인한 수익은 나라, 정확하게 말하면 그 성으로 환속된다.

여기서 단서가 하나 붙는다.

피해 보상을 요구하지 않았을 때.

보아하니 피해 보상을 요구하지 못하게 얼른 자리를 뜨려는 것 같은데 그렇게는 안 되지.

안찰사에게 그 수익에 대해 보고할 때, 피해를 보상했다고 보고하고는 그 돈을 떼먹을 생각이잖아?

사실 이전에 겪었던 삶에서 섬서갈에게 당한 이들은 제대로 된 피해 보상을 받지 못했다.

왜냐하면, 섬서갈의 거처에서 발견된 재물로는 그 피해를 보상하기에 턱없이 모자랐기 때문이다.

그 재물로 뭘 했냐는 물음에, 먹고 놀고 다음 범행을 준비했다는데 할 말이 없었다.

하지만 섬서갈은 교묘한 놈이다.

재물을 숨겨 두지 않았을 리가 없다.

녹금상단에 남아 있던 재물이 별로 없었다는 것이 그걸 증명했다.

하지만 훗날 섬서갈의 숨겨진 재물이 발견되었다.

그걸 대략 기억하고 있었던 덕분에 우리 상단이 손해 본 것을 보상받고도 남을 만큼의 재물을 찾아낸 것이다.

"아뢰옵기 송구하오나, 이번 일로 인해 저희 상단이 입은 손해가 은자 삼천오백 냥입니다."

"헉!"

그는 깜짝 놀랐다.

"그, 그렇게나 많은 피해를 입었는가?"

"그렇습니다."

저번에는 삼천 냥이었지만 오백 냥이 더 늘었다.

체류하느라 소요된 비용에 정신적인 피해 보상까지 더했으니까.

"음……."

그가 망설이자 나는 몇 마디를 덧붙였다.

"대인께서도 아시다시피, 저희 은해상단은 황제 폐하의 성지를 받은 소금 소매상입니다. 그만큼 폐하께서도 눈여겨보고 계십니다."

"……."

협박이냐고?

아니, 정당한 요구다.

피해를 보았으니 그 피해를 보상받는 건 당연한 것 아닌가?

나는 느긋하게 그의 대답을 기다렸다.

결국, 지현 대인은 호방한 척 미소를 지으며 말했다.

"허허, 내 당연히 그 피해액을 보상해 주려고 했다네."

"그런데 말입니다. 그 사기꾼에게 당한 상단이 저희 말고도 세 곳이나 더 있었습니다."

사기꾼을 잡는다면 최대한 그 피해액을 돌려받을 수 있도록 하겠다고 약속했다.

나는 약속은 지킨다.

.
.
.

다음 날.

내가 머무는 객잔으로 수레가 들어왔다.

현청의 관군들이 끄는 수레에는 은자가 수북하게 쌓여 있었다.

"여기 은자 삼천오백 냥입니다. 인수증에 수결 부탁드립니다."

관리의 말에 나는 우선 은자들을 꼼꼼하게 살폈다.

모두 진짜라는 것을 확인한 후에야 인수증에 수결했다.

"그리고 여기 유씨상단에 은자 사백 냥, 백가상단에 은자 천백 냥, 임율상단에 은자 육십 냥입니다."

이곳에는 사기 피해를 입은 상단의 상단주들도 있었다. 내가 불렀으니까.

나는 그들이 입은 손해액의 두 배를 받을 수 있게 해주었다.

정신적인 손해도 손해니까. 그리고 애초에 그들이 말한 액수는 정말 순수한 손해액에 불과했다.

애먼 놈이 털어먹는 것보다는 낫지.

"확인한 후 수결하십시오."

"아! 네네!"

"네!"

그들은 얼떨떨한 표정이었다. 진짜 손해액을 메울 수 있을 거라고 생각하지 못한 거겠지.

그것도 두 배나 받을 거라곤 생각을 못 한 것이다.

은자를 확인하고 수결을 했다.

관리가 관군들을 데리고 돌아갔고, 나는 그 상단주들에게 말했다.

"손해액을 메울 수 있어서 정말 다행입니다."

"감사합니다!"

"정말 감사합니다!"

"이 은혜를 어찌 갚아야 할지."

나는 웃으며 말했다.

"은혜랄 것이 뭐가 있습니까? 도와주신 덕분에 저희도

손해액을 메웠습니다."

"아닙니다."

유씨상단의 상단주가 울면서 말했다.

"솔직히 그 어떤 도움도 받지 못할 거라고 생각했습니다. 그런데 이렇게…… 크흑……."

"은해상단이 저희를 이렇게 도와주시니……."

"훌쩍……."

아니, 다 큰 어른들이 이러시면 안 되죠.

나는 그들을 달래 주었고, 그들은 은자를 들고 전장으로 향했다.

도난당하기 전에 전장에 맡기려는 거다.

그리고 난 은풍대의 무사들을 보내어 그들을 경호해 주었다.

나는 그 은자를 가지고 엄삼택 행수의 객실로 향했다.

"들어오십시오."

엄삼택 행수는 피골이 상접해 있었다. 그간 마음고생이 심했던 탓이다.

나는 아직 손도 대지 않은 죽 그릇을 보며 말했다.

"대행수님께서 이러시면 안 되죠. 어서 드시고 몸을 추스르셔야 하지 않겠습니까?"

"후…… 제가 무슨 면목이 있다고 밥을 먹겠습니까."

"그래도 몸을 추스르셔야 흑차를 보러 가실 것 아닙니까?"

"……네?"

엄 행수는 내 말에 반문했다.

"흑차라니요? 무슨 돈이 있어 흑차를 보러 갑니까?"

그 말에 나는 팔갑을 보았다.

팔갑은 들고 있던 상자를 바닥에 내려놓았다.

쿵!

그 소리가 상자의 무게를 알려 주었다.

팔갑이 상자를 열었다.

그 안에 가득 차 있는 은자를 본 엄 행수는 말을 잇지 못했다.

"이, 이, 이, 이게, 이게 대체 뭡니까?"

"사기꾼, 잡았습니다. 그리고 손해액, 돌려받았습니다. 설명, 되었습니까?"

"그, 그러니까 대체 어떻게?"

"자세한 건 다른 행수들에게 들으세요."

솔직히 설명하는 거 귀찮다.

"그리고 이걸로 흑차를 구매하여 본단으로 돌아가시면 됩니다."

나는 발길을 돌렸다.

그리고 싸늘하게 식은 죽을 보며 말했다.

"따뜻한 죽으로 다시 드리겠습니다."

나는 엄 행수의 객실에서 나왔고, 뒤에서 엄 행수가 엉엉 우는 소리가 들렸다.

.
.
.

다음 날.

엄삼택 행수는 기운을 차렸고, 다시 의욕적으로 움직이기 시작했다.

"이거 뭔가 이상한데? 다시 한번 알아봐."

"네, 대행수님."

의심이 많은 성격이 된 것 같은데, 뭐 상인에게 나쁜 성격은 아니니 그냥 둘까?

그때 심 행수가 나에게 왔다.

"저, 국주님. 백가상단의 상단주님이 뵙고자 합니다."

백가상단이라면, 사기 피해를 입었던 곳 중 한 곳이다.

무슨 일이지?

내 객실로 안내를 부탁하자, 잠시 후 백가상단의 상단주가 몇몇 이들과 함께 객실 안으로 들어왔다.

"어서 오십시오."

"맞아 주셔서 감사합니다."

그들은 나에게 포권을 했다. 그리고.

쿵!

내 앞에 무릎을 꿇었다.

"아니! 갑자기 왜 그러십니까? 이러지 마십시오!"

"대인께서 은해상단주의 셋째 아들이자 소단주이며 현

풍국의 국주님이라고 들었습니다."

"네, 그렇긴 합니다만……."

"어제 저희 상단은 회의를 했습니다. 그 결과 저희 상단을 은해상단에 위탁하려 합니다."

"……네?"

"다른 곳에서는 저희를 돕지 않았습니다. 하지만 은해상단은 같은 소속도 아닌 저희를 물심양면으로 도왔습니다. 그걸 보고 생각했습니다."

상단주는 말을 이었다.

"같은 소속이 되고 싶다고 말입니다. 저희를 받아 주십시오!"

상단주는 머리를 바닥에 조아렸고, 다른 이들도 마찬가지로 머리를 바닥에 조아렸다.

아니, 이 사람들이…….

사람 민망하게 진짜.

하지만 우리 상단의 입장에서 나쁜 건 아니다.

섬서성에 소속 상단이 생긴다는 건 그만큼 운신의 폭이 넓어진다는 의미니까.

"알겠습니다. 알겠으니까 그만 일어나세요."

"받아 주시겠습니까?"

"상단주이신 제 아버지께 허락을 받아야 합니다. 지금 즉시 파발을 보낼 테니까 이제 일어나세요."

"알겠습니다."

그들을 보내고 나자 유씨상단에서 찾아왔고 그들 역시 무릎을 꿇었다.

용건은 백가상단과 같았다.

아니, 대체 왜 무릎을 꿇는 거야. 그냥 말로 해도 되는 것을…….

그들에게도 본단에 파발을 보내겠다는 말을 하고 돌려보냈다.

"도련님, 임율상단에서 찾아왔습니다요."

설마, 임율상단도…… 같은 용건은 아니겠지?

설마가 사람 잡는다는 말이 있던가?

임율상단도 역시 은해상단에 위탁하겠다며 무릎을 꿇었다.

아니, 왜 자꾸 무릎을 꿇는 건데?

아무튼, 임율상단에도 본단에 파발을 보내겠다고 하고서 돌려보냈다.

"아, 힘들다."

내 말에 팔갑이 말했다.

"대단하십니다요."

"뭐가?"

"그냥 전부 대단하십니다요."

"뭐야, 실없이."

아무튼 빨리 소식을 전해야겠네.

나는 이에 관한 내용을 상세히 적어 서신을 보냈다.

이제 슬슬 우이상단으로 갈 준비를 해야겠군.

섬서갈에 대한 일을 해결했으니, 내가 섬서성에 온 진짜 목적을 위해 움직일 때가 된 거다.

나는 이에 대해 엄삼택 행수에게 말하기 위해 객실 밖으로 나갔다.

그때 밖에서 엄 행수의 목소리가 들렸다.

"그건 제가 한 일이 아닙니다. 그러니까……."

나는 그 목소리가 들리는 곳으로 향했다.

형제로 보이는 두 남자가 엄 행수에게 연신 고개를 숙이는 모습이 보였다.

"아!"

그때 나를 발견한 엄 행수가 그들에게 말했다.

"저분입니다! 제가 아니라 저분이 어르신을 구해 주신 분입니다."

응?

"저희 상단주님의 셋째 아드님이시자 소단주님이시며, 현풍국의 국주님이 되십니다."

그 소개에 그들은 얼른 나에게 달려와 내 앞에 고개를 숙였다.

"저희는 오씨 차밭에서 왔습니다."

아…….

납치되었던 노인이 오씨 차밭의 오씨 노인이라는 것을 알게 되자 즉시 사람을 보냈었다.

"저희 아버지를 구해 주셨다고 들었습니다."
"이 은혜를 어찌 갚아야 할지. 정말 감사합니다."
나는 그들에게 물었다.
"어르신은 괜찮으십니까?"
"네, 괜찮으십니다."
"충격으로 누워 계시긴 하지만, 곧 자리를 털고 일어나실 수 있으실 겁니다."
"얼른 쾌차하시길 빌겠습니다."
그때 노인의 장남이 말했다.
"아시겠지만, 저희 집이 흑차를 만드는 곳입니다. 아버지를 구해 주신 것에 대해 감사의 뜻으로 이번에 생산한 흑차를 필요한 물량만큼 무료로 드릴까 합니다."
그 말에, 뒤에 서 있던 엄 행수는 깜짝 놀라며 나를 보았다.
그만큼 파격적인 제안이었기 때문이다.
"무슨 말씀이십니까? 흑차를 거저 주시다니요?"
"저희 아버지를 구해 주셨는데 당연히 해야 하는 일이라고 봅니다."
나는 난감한 표정으로 물었다.
"중개 상인에게 넘겨야 하는 계약 물량이 있지 않습니까?"
흑차를 생산하는 차밭은 상단과 직거래를 하는 곳도 있지만, 대부분 생산한 차를 중개 상인에게 넘긴다.
그리고 중개 상인은 그걸 다시 다른 지역의 상단에 넘

기는 것이다.

 은해상단의 경우 사탕을 내다 파는 김에 오는 것이지만, 다른 상단의 경우 직접 오는 것보다 가져다주는 것을 파는 게 이득이었으니까.

 그리고 차가 만들어지기 시작하면 차 중개상이 일대의 차를 싹쓸이한다.

 그러니 차가 만들어지고 있다는 소식을 듣고 달려가도 직거래는 불가하다.

 직거래하려고 해도 이미 중개상이 기회를 노리고 있다가 재계약을 해 버리니, 다른 지역의 상인들은 그 틈을 파고들 수가 없다.

 아무리 "다음에 우리랑 계약합시다."라고 해도 현실은 계약서에 먼저 수결한 놈이 임자니까.

 차를 만드는 자들도 신선한 차를 빨리 넘기는 것이 이득이니 중개상에게 넘기는 것이다.

 "사실, 계속 계약을 해 오던 곳과 재계약을 해야 하는데 계약 건은 아버지가 맡아서 하십니다. 그런데 아버지께서 납치되시는 바람에……."

 그는 쓰게 웃으며 덧붙였다.

 "그들도 이해할 겁니다."

 "그건 그렇다 쳐도 그 차를 저희에게 무료로 넘기면 일 년 동안 무엇을 먹고사신단 말입니까?"

 나는 말을 이었다.

"그 마음은 알겠지만 일 년이라는 삶을 내팽개치면서까지 이러시면 제가 오히려 마음이 좋지 않습니다. 저희는 그 제안을 받아들일 수 없습니다."

내 말에도 그들은 뜻을 굽히지 않았다.

"모아 놓은 돈으로 생활하면 됩니다."

"어딘가 쓸 일이 있기에 그 돈을 모으셨겠지요. 아무튼, 받아들이기 힘듭니다."

흑차를 무료로 준다는 건 분명 솔깃한 제안이다.

하지만 그러고 나면 분명 내 앞의 이들은 일 년 동안 부족한 돈으로 허덕이며 살 거다.

돈을 모아 놨으니 괜찮다고 하지만, 갑자기 큰돈이 들어가는 일이 생기지 않으리란 법은 없다.

"하지만 그렇게 하지 않으면 저희가 면목이 없습니다."

두 아들의 고집도 만만치 않았다.

"그렇다면 이렇게 합시다."

나는 그들에게 새로운 제안을 했다.

"저희가 필요한 물량을, 중개 상인에게 넘기는 가격으로 받겠습니다."

나는 얼른 말을 이었다.

"그것만으로도 저희에게는 큰 도움이 됩니다."

내 말에 엄 행수도 고개를 끄덕였다.

나는 노인의 두 아들에게 말했다.

"그렇게 부탁드립니다."

내가 오히려 고개를 숙이자 그들은 마지못해 고개를 끄덕였다.

"알겠습니다. 그렇게 하겠습니다."

"중개 상인들에게 얼마에 넘기셨습니까?"

나는 노인의 아들이 말해 주는 가격에 귀를 의심했다.

"네?"

그 가격이면 우리가 예상했던 물량의 두 배를 살 수 있었다.

이 도둑놈들.

도대체 얼마나 해 먹은 거야.

순간 나는 이게 기회임을 깨달았다.

마침 이 지역의 상단이 세 곳이나 은해상단 아래로 들어온다고 한 상황이다.

그리고 아무리 계약해 오던 곳이 있다고 해도, 먼저 침 바른 놈이 임자다.

"생산할 수 있는 차가 몇 근이나 됩니까?"

"최대 오천 근까지 생산할 수 있습니다."

생각보다 생산량이 많다.

"그럼, 저희와 직거래를 하시겠습니까? 지금 말씀하신 금액보다 더 많이 쳐 드리겠습니다."

그들은 고민도 하지 않고 말했다.

"아버지께 말씀드려야 하는 사안이긴 하지만, 아버지께서도 흔쾌히 받아들이실 겁니다."

"귀 상단 같은 훌륭한 곳과 거래를 하게 된다면 저희도 무척 기쁠 겁니다."

그렇게 그들은 돌아갔다.

그런데 왜 아까부터 누군가의 시선이 느껴지지?

내가 고개를 돌리자, 객잔 옆에 서 있던 한 무리의 여자들이 보였다.

그곳에는 기녀들뿐만 아니라 여염집 여자들도 섞여 있었다.

"어떡해! 너무 멋있어."

"아……."

"진짜 잘생겼어."

왜 할머니들까지 나를 보며 저러고 계신 거야?

한동안 외출을 삼가야겠다.

.
.
.

다음 날.

노인의 아들은 은해상단과 계약하겠다고 했다.

그들과 계약해 오던 중개상은 더는 왈가왈부하지 않기로 했다.

"어르신은 저희 상단에 큰 도움을 주신 분입니다. 그런 분을 구해 주신 은해상단과 계약한다는데 저희가 무슨 말을 하겠습니까? 그리고 이 섬서성의 상계를 유린했던 사기꾼까지 잡아 주셨으니 기쁜 마음으로 물러나겠습니다."

고진감래라고 했던가?
계속해서 좋은 일만 생기네.
그리고 다시 며칠이 지났다.
안찰사에게 넘겨진 녹일, 그러니까 섬서갈은 사형을 선고받고 참수되었다.
조사 과정에서 무고한 이들을 죽인 것이 밝혀졌기 때문이다.
산 채로 껍질이 홀랑 벗겨져 죽었던 예전에 비하면 비교적 편안한 죽음이었다.
그리고 내가 겪었던 지난 삶과 달리, 그자 때문에 죽었던 수많은 자들이 지금은 무사히 살아 있다.
물론 이 일로 내가 아는 미래가 많이 바뀔 수도 있다.
하지만, 나는 후회하지 않는다.
수많은 상인의 피눈물과 농락당한 기녀들의 희생을 막을 수 있다면 막아야지.
아버지는 파발을 통해 답장을 보내셨다.

[사기꾼을 잡고 배상을 받아 냈다니 다행이다. 세 상단의 상단주를 만나 보고 싶구나.]

나는 엄 행수에게 말했다.

"차는 준비되었습니까?"

"네, 준비되었습니다."

"그럼 내일이나 내일모레쯤 세 상단의 상단주와 함께 본단으로 가세요. 아버지가 세 분을 보고 싶어 하십니다."

"알겠습니다만, 국주님께서는?"

그 물음에 나는 대답했다.

"저는 남아서 해야 할 일이 있습니다."

원래는 엄 행수 일행이 차를 거래하는 동안 나는 잠시 우이상단에 다녀오면서 원래의 목적을 이루려고 했었다.

그리고 돌아갈 때 같이 돌아가면 얼마나 편한가!

하지만 섬서갈이 우리 상단을 상대로 사기를 치면서 일이 어그러진 것이다.

"그래서 말인데 윤 조장님."

"네."

"무사 중 두 명 정도 남겨 두실 수 있으십니까?"

"당연히 그래야지요."

"감사합니다."

나는 자리에서 일어나며 말했다.

"그럼 이곳에 남을 무사를 고를까 하는데, 괜찮을까요?"

"네, 그리하십시오."

나는 윤지심 조장과 함께 객실을 나왔다.

윤 조장은 무사들을 집합시켰고, 나는 무사들을 살펴보았다.

음…….

마침 저 둘이 맨 뒤에 서 있구나. 고맙게도.

나는 그 둘을 가리키며 말했다.

"맨 뒤의 두 무사가 남으면 되겠군요."

"알겠습니다."

그렇게 지난 삶에서 나를 배신했던 배철과 고주상은 나를 따라 이곳에 남게 되었다.

.

.

.

엄 행수가 이끄는 상단은 내일 떠나기로 했다.

나는 객잔 뒤편의 뜰에 나와 가만히 달을 바라보았다.

객잔에 몰려드는 여자들 때문에 이렇게 객잔 밖에 나와 있는 건 밤중에나 가능했으니까.

지금은 객잔 근처이기에 호위는 없이 팔갑만이 내 옆에 있다.

"다른 곳에 가서는 되도록 얼굴을 가리고 다니셨으면 합니다요."

"왜?"

"척과영거(擲果盈車)도 좋지만 간살위개(看殺衛玠)라

는 고사대로 될까 걱정됩니다요."

척과영거는 빼어난 미남인 반안이 나타나면, 그에게 관심을 사려는 여자들이 던진 과일로 수레가 가득 찼다는 일화를 말한다.

그리고 간살위개는 옥처럼 잘생긴 위개라는 남자가 나타나면 여자들이 구름처럼 모여들어 에워싸는 바람에, 위개가 놀라 결국 죽음에 이르렀다는 일화이다.

"나는 그렇게 심약하지는 않다고. 그건 그렇고 문자 좀 쓴다?"

"저도 아버지께 글공부 좀 배웠습니다요."

하긴, 팔갑의 아버지는 은해상단의 대행수이다. 그리고 아무나 내 시종으로 붙이지 않았겠지.

다시 삶을 살기 이전의 나는 잘생겼다는 소리는 들었어도 이 정도는 아니었다.

현룡성체라는 체질이 일찍 자리 잡아서 그런 건가?

아니면 현룡의 도움으로 청빙설매실의 내공을 흡수하여 환골탈태해서?

특히 최근에 무공의 성취가 높아지면서 잘생겼다는 소리를 부쩍 자주 듣는 것 같다.

뭐가 어찌 되었든 생소한 경험이다.

그나저나, 태음빙해신공은 도대체 얼마나 신묘한 심법이란 말인가.

수련자가 사술에 당하지 않게 하고, 심지어 타인에게

걸린 사술까지 깨부술 수 있다니 말이다.

내가 겪었던 이전 삶에서는 이 공능이 타인에게까지 미친다는 건 알지 못했었다.

그건 아마도 내 경지가 그리 높지 않아서였을 거다.

그때 나에게 누군가 다가왔다.

사부님이다.

"아직 안 주무셨습니까?"

내 물음에 사부님이 피식 웃으며 나에게 호리병을 내밀었다.

그러고 보니 호리병이 두 개네.

"드십시오."

"아, 네."

사부님은 호리병의 마개를 열고 한 모금 드셨다.

혹시 술인가?

뽁.

나는 사부님이 주신 호리병의 마개를 열었고, 한 모금 마셨다.

어라? 이거……

"꿀물입니까?"

"네."

"술인 줄 알았습니다."

"벌써 술을 즐기면 몸에 해롭습니다. 술은 서른이 넘으면 드십시오."

"네."

"그리고 아직 표행 중입니다. 표행 중에 술은 금해야 할 것 중 하나입니다."

역시 맡은 일에 있어 철저하신 분이다.

나는 달디단 꿀물을 홀짝홀짝 마셨다.

"내일 저희는 떠납니다."

"압니다."

"몸조심하십시오. 혹시 무슨 일이 닥친다면 살아남는 것에 중점을 두시고 움직이십시오."

"명심하겠습니다."

"죽으면…… 부질없어지는 겁니다."

그리 말하는 사부님의 눈이 왠지 슬퍼 보였다.

.

.

.

다음 날 아침.

새벽부터 객잔은 분주했다.

엄삼택 대행수가 이끄는 일행이 출발하는 날이기 때문이다.

그리고 진시(辰時:7~9시) 초(初)가 되었을 때 출발 준비를 마쳤다.

유씨상단과 백가상단, 그리고 임율상단의 상단주와 함께였다.

"그럼 먼저 가도록 하겠습니다."

"살펴 가십시오."

"네."

잠시 나를 바라보던 엄 행수는 나에게 포권하며 감사를 표했다.

"감사드립니다. 덕분에 실패로 끝날 뻔했던 상행을 무사히 마칠 수 있게 되었습니다."

"인사는 이릅니다."

나는 미소 지으며 말을 이었다.

"그 인사는 무사히 호북성 본단에 돌아가신 후에 받겠습니다."

"알겠습니다."

어차피 본단에 돌아가서 또 볼 사이니, 작별 인사는 길지 않았다.

그리고 사부님이 계시니, 가는 길도 안전할 거다.

"출발한다!"

"네!"

사부님의 신호에, 상단의 행렬이 움직였다.

멀어져 가는 그 모습을 보며 팔갑에게 말했다.

"그럼 우리도 출발하자."

"알겠습니다요."

객잔에서 짐을 가지고 밖으로 나왔을 때, 기녀들이 나에게 다가왔다. 이번에 섬서갈을 잡는 데 도움을 준 기녀들이다.

"가시는군요."

"네."

나는 그녀들에게 정중하게 포권했다. 천하다는 기녀들이지만, 내게 큰 도움이 된 이들이다.

지현 대인에게 간청과 반협박을 한 덕분에, 이들은 다행히 아무런 벌도 받지 않았다.

사술에 조종당했으니 이들도 피해자였다.

"감사했습니다."

"저희야말로 감사드려요."

주월이라는 기녀가 내게 물었다.

"다시, 오시나요?"

"기약할 수 없습니다."

돌아오는 길에 들를 수도 있지만, 나는 헛된 바람을 주는 일은 하고 싶지 않았다.

그건 잔인한 일이다.

하지만, 미소는 지어 줄 수 있다.

나는 그녀들에게 웃어 주고는 말에 올라탔다.

"그럼, 안녕히 계십시오."

우리는 섬서성의 소금 소매 상단인, 우이상단으로 향했다.

·

·

·

우이상단까지는 그리 오래 걸리지 않았다.

한 이틀 정도 말을 타고 달려서 도착했으니까.

하지만 우리는 곧바로 우이상단으로 가지는 않았다.

작풍기를 은해상단이 제시한 가격을 받고 판매하는지, 제대로 판매하고 있는지 등을 확인해야 했기 때문이다.

그걸 위해서는 판매하는 곳에 직접 가서 확인하는 것이 가장 정확하고 빠르다.

핑계를 대고 왔지만, 그래도 이건 내 일이다.

그러니 이왕 하는 거 확실하게 처리해야지.

팔갑은 사람들에게 물어 작풍기를 어디서 살 수 있는지 알아왔다.

"여기서 쭉 걸어가면 보일 거랍니다."

"그래?"

그곳으로 향하자, 곧 팔갑이 그리 말한 이유를 알 수 있었다.

작풍기를 사기 위해 온 사람들이 길게 줄을 서 있었기 때문이다.

나도 그 줄에 합류하려고 했지만, 그런 나를 팔갑이 만류했다.

"도련님께서는 너무 눈에 띄어서 안 됩니다요. 소문 금방 퍼집니다요."

"그런가?"

이필이 웃으며 말했다.

"제가 다녀오겠습니다."

"아, 그래 주시겠습니까?"

나는 이필에게 돈을 주었고, 이필은 줄을 서는 사람들 뒤에 섰다.

우리는 바로 앞에 있는 다루에 앉아서 기다리기로 했다.

다루에 앉아서 거리를 바라보니, 더운지 사람들이 연신 부채질을 하고 있었다.

아······.

그러고 보니 부채가 있었지.

전에 잡화점 노인에게 산 기물들이 생각났다.

부채와 면경, 그리고 비은시.

비은시는 정호 형의 소단주 임명식 때 선물로 주었다.

그러고 보니 덤으로 준 단계연도 있다.

지금에서야 생각난 건 그동안 딱히 쓸 일이 없었기 때문이다.

다른 건 몰라도, 현재 나에게 유용하게 쓰일 기물이 있다.

바로 부채였다.

난초가 그려진 백색의 쥘부채였는데, 부채로 얼굴을 가리면 부채 뒤편의 얼굴을 제대로 인식하지 못하게 하는 공능이 있는 기물이었다.

지난 삶에서도 한 흑도무림인이 혈겁을 일으키고도 이

부채를 이용하여 정체를 숨기고 유유히 도망치곤 했었다.
하지만 이게 내 손에 들어왔으니 그런 미래는 없다.

그렇게 기다리기를 반 시진.
이필 무사가 작풍기를 들고 다루로 왔다.
"다녀왔습니다."
"수고하셨어요. 앉으세요."
"아닙니다."
이필 무사는 고개를 저으며 방금 사 온 작풍기를 다탁 위에 올려놓았다.
"저희 은해상단에서 판매하는 것과 같은 가격으로 판매하고 있었습니다."
"그렇군요."
나는 작풍기를 살펴보기 시작했다.
현재 작풍기에 대해 가장 잘 아는 사람은 공밀이다.
그건 당연했다. 공밀이 생각해 낸 기물이니까.
그다음으로 잘 아는 건 나라고 자신 있게 말할 수 있었다.
지난 삶에서 아쉬웠던 것에 대해 조언했고, 그걸 반영하기 위해서 공밀과 밤을 새우며 연구했으니까.
그러니까 지금 시장에 풀린 작풍기는 내가 겪었던 지난 삶에서의 작풍기와는 좀 달랐다.
지난 삶에서의 작풍기는 팔아먹기 급급하여 안전문제

나 흔들림 등 여러 문제점이 있었다.

하지만 지금 내 눈앞에 있는 작풍기는 그런 문제점을 보완했다.

나는 작풍기를 천천히, 그리고 유심히 살폈다.

은해상단이 알려 준 설계도대로 작풍기를 만들었네.

하지만 여기서 가장 중요한 건 핵심 부품이다.

그건 은해상단에서 만들어서 공급했으니까.

작풍기의 판매를 다른 상단들에게 돌렸지만, 핵심까지 내놓지는 않았다.

어디든 첩자는 있기 마련이니까.

20장. 복시령과(復始靈菓)

복시령과(復始靈菓)

 작풍기를 복제해서 팔면 극형으로 다스린다는 황명이 있었다.

 하지만 이득 앞에서는 늘상 어리석은 짓을 하는 존재가 인간이기에, 대비하기 위한 수를 하나 만들어 놓은 것이다.

 나는 씨익 웃었다.

 "합격."

 내 말에 팔갑이 말했다.

 "그럼 감찰은 끝난 것입니까?"

 "아니."

 "뭐가 또 있습니까?"

 팔갑의 물음에 나는 자리에서 일어나며 말했다.

"장부를 봐야지."
원래 감찰의 끝은 장부 점검이다.

잠시 후.
나는 우이상단 앞에 도착했다.
성큼성큼 대문으로 다가가자, 문지기가 정중하게 물었다.
"어디서 오셨습니까?"
"은해상단의 현풍국주 은서호입니다. 상단주님을 뵙고 싶군요."

.

.

.

"연락도 없이 갑자기 오다니! 놀랐네."
우이상단의 상단주는 거의 달리는 걸음으로 나에게 다가왔다.
"오랜만에 뵙습니다."
그리 오랜만도 아니다. 삼 개월 전 회합 때 만났으니까.
"약속도 없이 이리 방문하는 것이 실례인지는 아오나, 작풍기 판매에 대한 감찰이 목적이기 때문에 어쩔 수 없었습니다."
나는 단도직입적으로 말했다.

"장부를 보고 싶습니다."

작풍기를 판매하는 건 소금 소매상들에게 번거로운 일이다.

하지만 그들은 작풍기 판매를 꺼리지 않았다.

그들에게 이득이기 때문이다.

생각보다 싼 가격에 팔아도 남는 게 있었고, 작풍기를 파는 곳은 한 성에 한 곳뿐이다.

그러니 어마어마하게 팔리며 그만큼 많은 이문을 보고 있기 때문이다.

아직도 수요를 공급이 따라잡지 못하고 있었다.

나는 상단주를 따라 한 건물로 들어갔다.

"뵙자마자 이런 요청을 하게 되어 송구합니다."

"아닐세. 이게 자네의 일인데 내가 뭐라고 탓하겠는가? 그런데 여독이 쌓였을 텐데, 괜찮겠나?"

"괜찮습니다."

사실 좀 피곤하긴 하다.

호북성에서 섬서성으로 올 땐 편하게 왔지만, 섬서갈 때문에 고생 좀 했으니까.

그리고 이틀 꼬박 말을 타고 움직이는 건 힘든 일이다.

하지만 이왕 하는 거 철저하게 해야 하기에 쉬지도 못하고 장부를 보러 가는 거다.

건물 안에는 수많은 이들이 앉아서 뭔가를 기록하고 있었다.

"장부가 좀 많아서……."
나는 벽 한쪽을 온전히 할애하고 있는 서가를 보았다. 그 서가의 반이 뭔가로 채워져 있었다.
"저게 다 장부일세."
"그, 그렇군요."
그러니까 저걸 나와 내 부관이 다 봐야 한다는 거다.
"오늘 저녁 식사는 이곳에 가져다주겠네."
"아닙니다."
엄청난 양의 장부를 보면서도, 나와 여창의 부관은 여유 만만한 표정이었다.
"오늘 저녁 전에 끝내겠습니다."
이 정도는 식은 죽 먹기다.

.

.

.

그날 오후 유시(酉時:17~19시) 말(末).
탁.
나는 마지막 장부를 덮었다.
드디어 감찰이 끝났다.
"드디어…… 끝."
쿵.
여창의 부관이 장부의 뒷표지에 머리를 박았다.
내가 팔갑에게 눈짓을 하자, 팔갑은 여창의 부관의 어

깨를 잡고 일으켰다.

"여기서 이러시면 안 됩니다요."

"으으······."

"저녁 드시고 숙소에 가서 주무셔야 합니다요."

그때 우리가 있는 곳, 그러니까 작풍기를 판매하기 위해 만든 건물 안에 누군가 들어왔다.

그는 우이상단주의 아들이자 행수로 경험을 쌓고 있는 자이다.

이름은 우세경.

올해 스물세 살로, 정호 형보다 한 살 많다.

"오셨다는 말 듣고 왔습니다."

"아! 오랜만에 뵙습니다."

나도 반갑게 그의 인사를 받아주었다.

저번에 회합 때 봤었으니까.

"저녁은 어떻게 하시겠습니까?"

그 물음에 나는 자리에서 일어나며 말했다.

"마침 장부 검사를 종료했으니, 함께 드시지요."

"벌써 말입니까?"

놀란 표정의 그에게 나는 두루마리를 내밀었다.

"여기, 개선할 점입니다."

우세경 행수는 두루마리를 받아 들어 펼쳤다.

눈동자가 움직이는 것을 보니 그 내용을 읽고 있었다.

"······."

점점 그의 눈이 커졌다.
"진짜군요."
"이런 것에 대해서는 거짓말을 하지 않습니다."
"아버지께 보고드리겠습니다."
그리고 말을 이었다.
"그럼 먼저, 숙소로 안내해 드리지요."

우이상단에서 우리에게 내준 숙소는 생각보다 좋았다.
손님들을 위해 준비해 둔 여러 개의 방 중 가장 큰 방을 준 것 같았다.
정면을 봤을 때 왼쪽 방이 호위무사의 방이다.
오른쪽 방이 팔갑과 여창의 부관의 방이고, 그 옆이 배철, 고주상 무사의 방이다.
나는 침상에 앉아 한숨을 내쉬었다.
진짜 피곤하네.
그래도 저녁은 먹고 자야 했다.
힘든데 배까지 고프면 서러우니까.

.

.

.

저녁을 먹은 나는 품에서 지도를 꺼냈다.
섬서성의 지도다.
내가 복시령과를 구하기 위해서 가야 할 곳은 숲이다.

정확하게 말하면 종남산이다.

내 계획은 다음과 같다.

우선 근처의 객잔에 머무는 거다.

마침 그곳에 믿을 만한 객잔이 있으니까.

거기에 일행을 두고 나 혼자 움직일 생각이다.

복시령과를 구하는 건 나 혼자서 해야 하는 일이다. 은혜를 입은 것은 내 개인적인 일이니까.

그걸 구하는 일에 다른 이들도 강제로 동참시켜 고생하게 하고 싶지는 않았다.

또한, 복시령과는 영약이다.

나에게 영약이 있음이 알려진다면, 그리고 종남산에 영약이 있음이 알려진다면 혈겁이 벌어질 거다.

내가 겪었던 삶에서처럼.

그러지 않으려면 최대한 아는 자가 적어야 했다.

.
.
.

이틀 후.

우리는 우이상단을 나섰다.

소소한 문제만 제외하면 별문제가 없었다.

솔직히 장부가 보기 어렵게 되어 있는 등의 문제는 흠이 될 것도 없었다.

그렇기에 우이상단도 웃으며 배웅하고, 우리도 웃으며

떠날 수 있었다.

그리고 며칠 후.
우리는 내가 목적했던 객잔에 도착했다.
여춘객잔(如春客棧).
봄과 같다는 여춘을 이름으로 쓰는 그 객잔의 주인은 젊고 아름다운 여자지만, 평범한 인물은 아니었다.
그녀의 정체는 파두파파(破頭婆婆).
엄청난 내공을 소모하면서까지 주안술로 미모를 유지하고 있는 노파다.
즉, 엄청난 고수라는 뜻이다.
그렇기에 이 객잔이 안전한 것이다.
"어서 오세요."
"한 이틀 묵어 가려고 합니다."
"그렇게 하세요."
그녀는 친절하게 우리를 맞아 주었다.
"방은 몇 개 드릴까요?"
"네 개면 될 듯합니다."
나 하나, 팔갑과 여창의 부관이 하나, 무사들이 두 개다.
내가 방 하나를 쓰는 건, 슬쩍 나갔다 와야 하기 때문이다.
그런데…….

설마 팔갑이 이번에도 알아차리는 건 아니겠지.

.
.
.

……라고 생각했던 것이 불과 몇 시진 전이다.
슬쩍 나가려고 했던 것을 팔갑에게 들켜 버렸다.
설마 했는데, 진짜 알아차린 거다.
대체 어떻게 안 거야?
그보다 어떻게 설득해야 하지?
"도련님, 자꾸 이러시면 곤란합니다요."
"미안해."
나는, 사실대로 말하기로 했다.
"홍금소 부인의 남편이 병석에 누워 있는 건 알지?"
"압니다요."
"홍금소 부인의 재주 덕분에 내가 얼마나 많은 덕을 봤는지도 알지?"
"그거랑 도련님이 몰래 나가려고 했던 거랑 무슨 관련이 있습니까요?"
"조용히 하고 들어 봐."
"넵, 알겠습니다요."
나는 말을 이었다.
"그래서 홍금소 부인에게 보답하고 싶은데, 부인에게 지금 가장 기쁜 일이 뭐겠어?"

"남편이…… 일어나는 일?"

"바로 그거야."

"하지만 도련님, 의원이 이제 몇 달 후면 자리를 털고 일어날 수 있을 거라고 했습니다요."

"과연 그것으로 되는 걸까?"

"네?"

"홍 부인의 남편이 원래 뭐 하던 사람이지?"

"표국의 표사였습니다요."

정확히는 표두이다.

"그렇게 왕성하게 활동하던 사람인데 무공을 쓰지 못하는 몸이라면, 얼마나 괴로울까?"

"그래도 살아난 것을 다행이라고 생각해야 하는 거 아닙니까요?"

"사람이라는 존재가 만족하면서 살면 우리 같은 상인이 왜 있겠냐?"

"그건, 그렇습니다요."

팔갑이 머쓱한 표정을 지었고, 나는 말을 이었다.

"그래서 나는 부인의 남편이 다시 무공을 익힐 수 있도록 영약을 찾으러 가는 거야."

"그건 그렇다 쳐도, 영약이 어디에 있는 줄 알고 찾으러 가십니까요?"

"알아."

나는 씩 웃었다.

내가 소림사의 일심 대사님이 화경에 들었다는 소식을 듣자마자 섬서성에 온 이유가 바로 그거다.

 이때쯤에 종남산에서 복시령과가 발견되기 때문이다.

 복시령과를 발견한 자는 길을 잃고 헤매던 한 상단의 후계자였다.

 그는 복시령과를 발견하고서 그걸 가지고 나왔다.

 이후 그건 엉뚱한 사람의 손에 들어갔다.

 혈교의 어떤 인물이 그걸 먹은 것이다.

 백도의 고수들이 간신히 때려눕혀 사지근맥을 절단하고 단전을 폐하여 유폐해 놓은 자였다.

 죽이지 않은 건 아직 죽이면 안 되는 이유가 있었기 때문이겠지.

 아니면 편하게 죽일 수 없었던가.

 문제는 이 혈교인의 제자가 복시령과를 탈취하여 스승에게 먹였다는 것이다.

 십 년 전의 몸으로 다시 돌아온 그자가 복수를 위해 흘린 피가 얼마던가.

 은해상단뿐만 아니라 전 중원의 상계가 얼어붙을 정도였다.

 훗날, 그 상단의 후계자는 그때의 일을 말하며 복시령과를 가지고 나온 것을 후회했지만 이미 벌어진 일이었다.

 그리고 덕분에 나는 이번에 어디에서 복시령과를 찾을

수 있는지 아는 거고.

하지만 팔갑에게 사실대로 말할 순 없다.

팔갑은 믿지만, 사실대로 말했을 때 팔갑이 나를 강제로 침상에 눕히고 의원을 부를 게 분명하니까.

"이번에 발견한 섬서갈의 비밀 창고를 기억 해?"

"물론입니다요. 재물이 겁나게 많이 나왔죠."

"거기서 찾았어. 어떤 서책이었는데 거기에 위치가 표시되어 있더라고."

"그 서책, 보여 주십시오."

"없어. 다 읽으니까 연기처럼 사라졌어."

"그게 무슨 말씀이십니까요?"

"영약에 대한 서책이잖아."

"……그런가요?"

팔갑은 뺨을 긁적였다.

"그러니까 잠깐 다녀올게. 걱정하지 않아도 돼."

"그럼 저랑 같이……."

"그럼 호위무사들이 알게 되잖아. 최대한 아는 사람이 적어야 한다고."

"그들을 믿지 못하시는 겁니까요? 그들은 도련님을 위해 존재하는 호위무사들입니다요."

"믿지. 내가 왜 못 믿겠어? 하지만 괜히 나 때문에 위험에 빠지는 건 싫어서 그래. 고생하게 하는 것도 싫고."

"……."

"그러니까 나 혼자 다녀올게."

"……."

그때였다.

드르륵, 탁-!

내가 있던 객실의 문이 열리고 생각도 못 했던 이들이 들어왔다.

호위무사인 여응암과 이필이다.

"그건 저희가 용납할 수 없습니다."

"맞습니다."

"어?"

"저희를 생각해 주시는 건 고맙지만, 그래도 저희는 도련님의 호위무사입니다."

"호위무사의 본분은 목숨을 바쳐 주군을 지키는 겁니다."

설마 다 들은 거야?

팔갑을 쳐다보자, 그가 어색하게 고개를 돌렸다.

"팔갑아?"

"저, 저는 모르는 일입니다요."

"하……."

.

.

.

결국, 내 계획과 다르게 복시령과를 찾으러 가는 인원은 셋이 되었다.

여응암 무사와 이필 무사가 내 쪽으로 합류했고, 팔갑과 여창의 부관은 다른 은풍대의 두 무사와 함께 객잔에 남아 있기로 했다.

종남산은 무공을 익히지 않은 자가 가기에는 험한 곳이니까.

* * *

종남산 자락.

그곳에 남루한 차림의 한 청년이 있었다.

가만 보면 옷이 남루한 건 절벽을 구르는 등의 고생을 했기 때문이다.

나름 좋은 비단으로 만든 옷을 입고 있었으니까.

그 청년은 흐르는 땀을 닦았다.

그가 이곳에 온 이유는 찾아야 할 것이 있었기 때문이다.

그걸 찾아야만…….

그때, 뭔가 모골이 송연해졌다. 그는 천천히 뒤를 돌아보았다.

"……!"

커다란 짐승 한 마리가 그를 노려보고 있었다.

범이었다.

"이, 이런!"

그는 허리의 검을 들었다.

하지만 호신 수준으로만 익혔을 뿐, 실전 경험이 없는 그의 손은 덜덜 떨렸다.
타앗!
순간 범이 그에게 달려들었다.
그게 마지막 기억이었다.

"정신 드십니까?"
그는 눈을 떴다. 엄청나게 잘생긴 남자가 보였다.
그래서 자신도 모르게 중얼거렸다.
"신선님?"

* * *

나는 두 호위무사와 함께 종남산에 들어왔다.
종남산은 대부분이 바위로 이루어졌다고 해도 과언이 아닐 정도다.
그러니 이 바위의 무거움과 쉽게 움직이지 않는 진중함을 본떠 종남파의 무공이 만들어졌겠지.
우리는 신법을 사용하여 산을 탔다.
그리고 잠시 쉬고 있을 때, 누군가 있다는 기척이 느껴졌다.
"주군, 누군가 있습니다."
"……가 보죠."

이 깊은 산속에 있는 인물의 정체를 파악해야 대비할 수 있었으니까.

그런데 그자에게 볼일이 있던 존재는 우리뿐만이 아니었다.

커다란 범이 그자를 노리고 있던 것.

딱 봐도 무림인이 아닌, 그냥 평범한 청년이다.

나는 결정을 내렸다.

"구하죠."

"알겠습니다."

청년은 기절하여 쓰러졌고, 범이 아가리를 벌렸다.

우리는 범을 향해 검을 휘둘렀다.

"아! 가죽 팔아먹어야 하니까 살살 합시다."

"알겠습니다."

잠시 후.

범을 처리하고 점심을 먹기 위해 움직일 때 우리가 구한 청년이 눈을 떴다.

"정신이 드십니까?"

그런데,

"신선님?"

눈을 뜨고 나를 본 청년이 헛소리를 했다.

"뺨을 한 대 때리면 제정신이 돌아올까요?"

내 물음에 여응암 무사가 대답했다.

"그럴 가능성도 있습니다."

그때 청년이 얼른 소리쳤다.

"저, 제정신입니다!"

청년이 자신의 뺨을 손으로 감싸며 말했다.

"죄송합니다. 제가 헛소리를 했습니다."

"뭐, 그럴 수도 있죠. 그런데 어쩌다가 이곳에서 범에게 공격을 당하고 계셨던 겁니까?"

내 물음에 청년의 얼굴이 핼쑥해졌다.

"아! 저를 구해 주신 겁니까?"

나는 가볍게 고개를 끄덕였다.

이에 청년은 얼른 내 앞에 무릎을 꿇었다.

"구명지은에 감사드립니다."

"뭘요. 그냥 지나가던 길에 구해 드린 것뿐입니다."

"정말 감사합니다. 이 은혜를 갚고 싶은데 제가 가지고 있는 게 이것밖에 없어서."

그는 주머니를 뒤적이더니, 돈이 담긴 주머니를 꺼내 내밀었다.

하지만 내가 돈을 받고자 이 청년을 구한 것도 아니고, 저렇게 잔뜩 고생한 사람에게 돈을 받는 건 도리가 아니다.

"아닙니다. 넣어 두십시오."

"네? 하지만……."

"뭘 바라고 구해 드린 게 아닙니다. 그러니 그 돈은 여비에 보태십시오."

그때 이필 무사가 물었다.

"그런데 이 험한 곳에는 왜 들어오신 겁니까?"

"그게······."

청년은 잠시 머뭇거리더니, 크게 한숨을 내쉬며 말을 꺼냈다.

"찾아야 하는 게 있어서 왔습니다."

"······?"

"오색빙정화(五色氷晶花). 그걸 찾아야 합니다."

그 말에 나와 두 무사는 움찔할 수밖에 없었다.

그 역시 영초였다.

정확한 목표는 다르지만, 우리와 비슷한 목적이었으니까.

"그걸 왜 찾으시는 겁니까? 솔직히 이곳 종남산에 오색빙정화가 있다고는 하지만, 그게 진실인지 확실하지도 않은데 말입니다."

"봤다고 합니다."

"······?"

"몇 년 전 이곳에서 한 상인이 봤다고 합니다. 그래서 온 겁니다."

나는 자리에서 일어났다.

"돌아가십시오. 이 종남산은 생각보다 위험합니다. 특히 당신 같은 일반인이 영초를 찾는 건 목숨을 잃을 가능성이 큽니다."

"안 됩니다! 설사 이곳에서 죽는다고 해도, 돌아갈 수 없습니다."

"……어째서입니까?"

지금 내 앞의 청년은 왜 저렇게 필사적인 눈빛일까?

궁금했다.

"사실, 저는 득행상단(得幸商團)의 사람입니다."

뭐?

"그리고 득행상단에는 한 가지 특이한 법도가 있습니다. 그건 가장 큰 운이 따르는 자를 상단의 후계자로 삼는 것입니다."

그래, 그랬다.

득행상단.

말 그대로 행운을 얻는다는 의미다.

상행에 있어서 가장 중요한 것은 운이라는 것이 그들 상단의 지론이다.

하여 특이한 방법으로 후계자를 삼았다.

가장 운이 좋은 자녀를 후계자로 삼는 건데, 그 운이 상단 전체에 영향을 주어 상단까지 흥하게 하기 때문이라는 것이 그 이유이다.

그래서였을까?

이번 동지 때 황실에서 발표한 천하 백대 상단 중 오십육 위를 한 상단이다.

대대로 득행상단의 상단주들은 많은 자녀를 두었다.

그만큼 부인도 많이 둔다는 의미지만.

현재 득행상단주의 부인이 여섯 명이었나? 열 명이었나?

자녀가 많으면 그중 하나는 기가 막히게 좋은 운을 타고 태어나는 아이가 있을 것이라는 생각 때문이다.

아무튼, 아이를 회임하면 그때부터 운이 좋았던 일에 대해 일일이 기록했다.

그리고 그것들에 대해 점수를 매겼다.

초반에는 운이 없어서 불리할 수도 있었다.

하지만 불가능하다 여겨지는 것을 가능하게 만든다면 그것을 뒤집을 수 있다.

내 앞의 청년은 그걸 위해 오색빙정화를 찾으려는 것이고.

"제 형제자매는 위아래로 서른두 명입니다."

헉, 많다.

"그리고 운이 가장 좋은 자식에게 상단을 물려주십니다. 그 나머지는 운이 좋은 순서대로 선택할 수 있습니다. 상단에서 일하든지, 아니면 약간의 돈을 받고 상단을 떠나든지."

그는 씁쓸한 표정으로 말을 이었다.

"저는 운이 없었습니다. 하는 일마다 실패하고 운이라고는 정말 지지리도 없습니다."

"하지만 말입니다."

나는 그의 말을 끊었다.

"범에게 죽을 뻔했는데 살았습니다. 그것만으로도 운이 있다고 해야 하지 않을까요?"

"은인의 말이 맞습니다. 하지만 그건 증명할 수가 없습니다."

"……."

"제 어머니는 다섯 번째 부인이십니다. 그리고 자녀는 저 하나뿐이고요. 운이 없는 저 때문에 어머니께서 고생이 많으십니다. 제가 내쳐질 때 같이 내쳐지게 될 텐데…… 흐윽."

그는 소매로 눈물을 닦았다.

"후계자가 되어서 어머니를 호강시켜 드리고 싶습니다."

이 청년은 자신도 자신이지만, 어머니를 위해서 이 고생을 자처하고 있는 거다.

"사정은 충분히 이해가 갑니다. 하지만 여기서 큰일을 당한다면 어머니께서 얼마나 걱정하시겠습니까?"

"차라리 제가 없는 게 나을 수도 있습니다. 제가 여기서 죽으면 불쌍하게 생각해서 먹고살 건 주시겠지요."

"……."

그러고 보니 뭔가 이상했다.

아무리 밀려나고 밀려난 자식이라고 해도 득행상단주

의 아들이다.

그러면 호위가 한 명이라도 붙어 있어야 하는 거 아닌가?

"설마 혼자 오신 겁니까?"

"……네."

"호위는 어디에 두고 혼자 오신 겁니까?"

"아버지께서 회수하셨습니다."

그제야 청년의 마음이 이해되었다.

지금 이 청년은 벼랑 끝까지 내몰린 것이다. 그리고 그 위태로운 상황에서 어떻게든 살아 보겠다고 최선을 다하고 있는 것이다.

그러고 보니 복시령과를 가지고 나온 자가 득행상단의 후계자였던 것 같은데?

설마?

나는 청년에게 말했다.

"그러고 보니 통성명도 못 했군요. 저는 은해상단의 은서호라고 합니다."

"아! 은인께 제 이름도 알려 드리지 않았군요. 제 이름은 문주성입니다. 득행상단주의 열일곱 번째 아들입니다."

잠깐.

뭐? 문주성?

내가 겪었던 지난 삶에서 복시령과를 가지고 나온 이의

이름을 똑똑히 기억한다.

그의 이름이 문주성이었다.

그러니까 내가 구해 준 이자가 바로 복시령과로 인한 혈겁의 원인이라는 것이다.

내 기억 속에, 복시령과를 구한 자는 분명 득행상단의 후계자였다.

한데 내 앞의 청년, 문주성 공자는 현재 후계 순위에서 한참이나 밀려나 있었다.

즉, 그는 복시령과를 가지고 돌아갔고 그로 인해 불리했던 상황을 뒤엎고 후계자가 되었다는 의미다.

내가 볼 때 문 공자는 최대의 행운아다.

그 운이 후반에 몰려 있을 뿐이다.

복시령과를 얻음으로써 후계자가 되었다.

그 복시령과로 인해 쑥대밭이 된 득행상단에서 살아남은 상단주의 혈육은 그 혼자뿐이었니 그것 또한 행운이다.

잠깐.

문 공자는 이곳을 헤매다가 복시령과를 얻을 운명인 거다. 그렇다면 문 공자와 함께 움직인다면 복시령과를 쉽게 얻을 수 있을 거다.

이 근처에 복시령과가 있다는 건 알지만, 자세한 위치까지는 모른다.

그래서 원래 어느 정도 헤맬 각오를 하고 있었다.

문 공자에게 복시령과에 상응하는 대가를 제공한다면 서로 수지타산이 맞지 않을까?
　생각을 마친 나는 문 공자에게 말했다.
　"할 수 없죠. 이대로 헤어지면 분명 또다시 큰일을 당할 것 같으니 함께 움직이죠."
　"네?"
　"마침 저도 찾는 게 있어서 말입니다. 그러니 제가 찾아야 하는 것을 찾는 김에, 문 공자가 오색빙정화를 찾는 것을 돕겠습니다."
　"아! 감사합니다! 정말 감사합니다!"

　우리는 다시 출발했다.
　우리는 문 공자가 이끄는 대로 바위를 오르고, 협곡을 건넜다.
　얼마 후 나는 빙그레 웃었다.
　세찬 바람이 불어오는 동굴이 내 앞에 있었다. 문 공자가 복시령과를 얻은 곳이다.

　"그렇게 몇 시진이나 헤매던 나의 귀에 이상한 소리가 들렸지. 그건 바람 소리였어. 나는 그곳으로 향했고 광풍이 몰아치는 동굴을 보았지. 그 동굴 안에 있었어. 그 영약이 말이야. 내 가문을 앗아 간 영약이……."

즉, 문 공자는 이곳에 발을 디딜 운명이었던 거다.

하지만 이 안의 복시령과는 문 공자가 가져가서는 안 된다.

"저 동굴, 제가 직접 가서 살펴보죠."

"아닙니다. 주군, 제가……."

나는 고개를 저었다.

"두 분은 많이 지치셨잖습니까? 그리고 저는 아직 쌩쌩하거든요."

내 말에 여응암 무사와 이필 무사가 말했다.

"주군의 체력이 그렇게 좋으실 줄은 몰랐습니다."

"저 또한 생각지도 못했습니다."

두 호위무사를 뛰어넘는 이 체력은 전부 사부님 덕분이다.

매일 매일 체력 단련을 하고 있으니까.

조금 버틸 만해졌다 싶으면 귀신같이 강도를 높이시는 바람에 내 체력은 급격히 좋아지고 있었다.

내가 "사부님 미워!"를 속으로 외친 것만 해도 만 번은 넘을 거다.

지금 두 호위무사는 내 체력을 인정하고 있었다.

"그럼 다녀오죠."

"조심히 다녀……."

나는 발걸음을 디뎠고, 바람에 의해 뒤에서 들리는 소리는 흩어졌.

나는 다리에 내공을 집중하였다.

천근추의 묘리를 사용하여 한 걸음, 한 걸음 앞으로 나아갔다.

대체 문 공자는 여기를 어떻게 지나간 거지?

어느 순간 광풍이 멈추었다.

그리고 내 앞에 한 그루의 나무가 보였다. 그 나무에는 열매가 달려 있었다.

앵두를 닮은 붉은 열매.

복시령과다.

그런데 복시령과 열매가 한 개가 아니었다.

"열매가 두 개라고? 분명 내가 알기로 이곳에는 열매가 한 알만 있었다고…… 아아!"

나는 피식 웃었다.

지난 삶에서 문 공자는 이게 복시령과라는 것을 어떻게 알았을까?

겉보기에 그냥 앵두와 별반 다르지 않아서 바로 알아보기 힘들었을 터.

그렇다면 답은 하나다.

먹은 거다.

타는 듯한 목마름과 굶주림 속에서 이 열매를 먹고는 깨달은 것이다.

이게 복시령과라는 것을.

그 역시 상단 사람이니 들은 게 있을 터. 이 열매가 범상치 않음을 알아차렸겠지.

그리고 남은 하나를 가지고 상단으로 돌아간 거다.

나는 내 붉은 주머니에서 상자를 꺼냈다.

그리고 그 안에 열매 두 알을 따서 담고는, 다시 상자를 붉은 주머니에 넣었다.

이것으로 복시령과 열매 두 알은 전부 내 손에 들어왔다.

나는 광풍이 부는 동굴 안에서 나왔다.

"어떻게 되었습니까?"

문 공자의 말에 나는 고개를 저었다.

"아무것도 없었습니다."

"아……."

실망이 가득한 얼굴에 살짝 마음이 약해졌다.

덕분에 종남산에 온 목적을 이루었지만, 문 공자는 목적을 이루지 못했으니까.

이대로 문 공자가 가문으로 돌아간다면 문 공자의 미래는 어떻게 변할까?

문 공자는 행운아다.

그러니 영약이나 영초를 구하지 못한 채 돌아간다고 해서 그 행운이 사라지는 건 아닐 것이다.

다른 형태로 나타나겠지.

설마?

나는 한 가지를 시험해 보기로 했다.

"문 공자."

"네?"

"왜 실망하십니까? 제가 공자를 돕기로 하지 않았습니까?"

"하지만 제가 염치가 없어서……."

"그런 말씀 마십시오."

나는 그에게 말했다.

"그럼 이제 다른 곳으로 가 보도록 하죠."

"알겠습니다."

늦어진다고 팔갑이 걱정하겠지만, 그래도 팔갑을 두고 와서 다행이라는 생각이 들었다.

그렇게 날이 저물었고, 하룻밤 노숙한 우리는 다시 길을 나섰다.

두 호위무사는 나에게 살짝 물었다.

"찾으시던 건 다 찾으셨습니까?"

"네."

"그런데 왜?"

"시험해 볼 게 있어서요."

그렇게 종남산을 헤매었고, 해가 질 무렵 우리는 어느 동굴 앞에 도착했다.

여름이었지만, 동굴에서는 한기가 느껴졌다.

나는 본능적으로 알아차렸다.

여기에 문 공자가 찾는 게 있다는 것을.

오색빙정화는 말 그대로 한기의 영초다. 그렇기에 언제나 한기가 머무는 곳에서 피어난다.

"들어가 보죠."

"네."

내 말에 문 공자는 긴장된 표정으로 고개를 끄덕였다. 그러고는 천천히 발걸음을 옮겼다.

동굴 안에는 얼음이 얼어 있었다.

그 싸늘한 한기를 느끼며 우리는 계속해서 안으로 들어갔다.

툭.

나는 발걸음을 멈추었다.

"왜 그러십니까?"

내가 손으로 앞을 가리키자, 문 공자가 그곳을 바라보았다.

"……!"

그의 눈이 휘둥그레졌다.

오색찬란한 유리처럼 투명한 꽃잎.

오색빙정화다.

"아! 아아! 드디어! 드디어!"

그는 그 자리에서 무릎을 꿇었다. 그의 눈에서 감격의 눈물이 흘러내렸다.

그 마음이 충분히 이해되었다.

나는 오색빙정화에 가까이 다가가 조심스레 그것을 캤다.

사실 나는 무척 놀랐다.

문 공자가 진짜 행운의 남자라는 것이 증명된 거다.

혹시나 했는데 진짜냐?

만약 지난 삶에서 문 공자가 복시령과를 찾지 못했다면 이 오색빙정화를 찾아서 돌아갔을 거다.

어쨌거나 문 공자는 득행상단의 상단주가 되었을 운명이라는 거다.

좀 부럽네.

나는 오색빙정화를 문 공자에게 내밀었다.

"찾으셨군요. 축하드립니다."

"크윽! 감사합니다! 정말 감사합니다!"

그는 연신 내게 연신 고개를 숙였다.

"이제 가문으로 돌아갈 수 있으시겠군요."

"네."

나는 미소 지었다.

"그런데 문 공자는 그 오색빙정화를 노리는 자에게서 그걸 지킬 자신이 있으십니까?"

"상단의 무사들이 있으니까……."

"이 오색빙정화가 있다는 소문이 퍼진다면 상단은 쑥대밭이 될 겁니다. 이 오색빙정화는 천마신교의 마기를 없애는 공능이 있으니까요."

"아……."

문 공자는 멍청하지 않았고, 그렇기에 내 말뜻을 알아들었다.

"그래서 말인데, 그 오색빙정화를 저에게 파시는 건 어떻습니까?"

내 말에 문 공자는 놀라 되물었다.

"네? 그게 무슨 말씀입니까?"

"정확하게 말하면 그걸 담보로 잡고, 제가 사업 자금을 빌려주겠다는 말입니다."

"무슨 말씀을 하시는지 잘 모르겠습니다."

"어렵게 생각하실 건 없습니다."

나는 말을 이었다.

"문 공자의 목적이 무엇입니까? 득행상단의 상단주입니까, 아니면 어머니와 행복하게 사는 것입니까?"

내 물음에 잠시 생각하던 그가 말했다.

"어머니와 행복하게 사는 겁니다."

하지만 그는 지난 삶에서는 그러지 못했다.

혈교 고수의 제자들이 복시령과를 탈취하는 과정에서 그의 어머니 역시 죽었으니까.

그의 뜻을 이루기 위해서라도 그는 오색빙정화를 가지고 가서는 안 된다.

그땐 혈교였지만 이번에는 천마신교에서 득행상단을 쑥대밭으로 만들 테니까.

아니.

천마신교의 마기를 억제할 수 있는 만큼, 무림맹에서도 탐을 낼 거다.

"오색빙정화를 가지고 가면 득행상단의 상단주가 될

수 있을 겁니다. 하지만 어머니와 행복하게 살 수는 없을 겁니다."

"어째서입니까?"

"이건 천마신교의 입장에서는 없애야 하는 물건이며, 백도 무림의 입장에서는 반드시 손에 넣어야 하는 물건입니다. 이 물건을 손에 넣기 위한 거대 세력 간의 대립 상황에서 과연 득행상단이 버틸 수 있을까요?"

"아……."

"엄청난 피가 흐를 겁니다. 그 피에는 어머니의 피 혹은 문 공자의 피가 섞일 수도 있습니다."

"……."

"하지만 이 오색빙정화를 저에게 맡긴다면, 당신은 어머니와 행복하게 살 수 있을 겁니다. 이 오색빙정화를 찾을 정도의 운이 있으니 사업에 있어서도 그만큼 운이 따를 테니까요."

"그걸 어찌 장담합니까?"

"이걸 찾는 걸, 제 눈으로 직접 봤으니까요."

그리고 지난 삶에서 내 앞의 문주성 공자는 쑥대밭이 된 상단을 다시 일으켰다.

그리고 하는 사업마다 뜻하지 않은 행운이 깃들면서 천하 팔대 상단이 되었다.

그런 미래를 알기에 그리 말한 것이다.

"하지만 공자와 공자의 상단은 괜찮겠습니까?"

"이게 저에게 있음을 그 어디에도 말하지 않는다면 괜찮습니다."

"이걸 맡기면, 얼마나 주실 겁니까?"

"은자 천 냥을 드리지요."

"……!"

"사실 그냥 드릴 수도 있습니다. 하지만 굳이 오색빙정화를 담보로 잡는 건 그래야 문 공자의 마음에 부채감이 없을 것 같기 때문입니다."

내 말에 잠시 고민하던 그의 눈빛이 달라졌다.

그러고는 결심한 듯했다.

그는 오색빙정화를 나에게 내밀며 말했다.

"알겠습니다. 은인의 말대로 하겠습니다."

그는 말을 이었다.

"솔직히 이게 탐이 난다면 저를 죽이고 이걸 가져가셔도 무방한 상황입니다. 하지만 은인은 그렇게 하지 않으셨습니다. 그리고 은인의 말에서는 저에 대한 걱정이 느껴졌습니다."

"하하하."

"사실 저를 걱정해 주시는 분은 어머니밖에 없어서 거기에 좀 민감하거든요."

나는 오색빙정화를 손에 들었다.

내 설득이 먹혀들어서 다행이었다.

내가 문 공자를 설득한 건 문 공자를 걱정한 까닭도 있지만, 그때의 그 일로 인해 중원의 상계가 얼어붙었던 일을 막기 위해서이기도 하다.

그때 우리 상단이 좀 힘들었거든.

.
.
.

우리는 종남산을 내려갔다.

그리고 문 공자와 헤어질 때가 되었다. 나는 그에게 말했다.

"제가 말한 것 다 기억하십니까?"

"네."

문 공자는 고개를 끄덕였다.

"돌아가서 어머니와 함께 집을 나오겠습니다. 은인의 말씀대로 쫓겨나는 것보다는 제 발로 나오는 게 낫죠."

"그다음은요?"

"적당한 곳에 취직하여 일하면서 돈을 모으고, 적당한 곳에 집을 짓는 겁니다. 그런데 공사 중에 이럴 수가! 돈이 숨겨져 있다니! 그걸 밑천으로 장사를 하는 거죠."

"좋습니다."

나는 고개를 끄덕였다.

"제가 하나 더 부탁한 건 기억하십니까?"

"물론입니다."

문 공자가 말했다.

"은인께서 말씀하시기 전에는 저와 관련이 있다는 것도, 오색빙정화에 대한 것도 절대 밝히지 말라고 하셨습니다."

"반드시 지켜 주셔야 합니다."

"알겠습니다. 목숨 걸고 지키겠습니다."

그렇게 문 공자는 가문으로 돌아갔다.

비록 빈손이었지만, 그 어깨가 무척이나 홀가분해 보였다.

"그럼 우리도 객잔으로 돌아가죠."

"알겠습니다."

.

.

.

객잔에 당도하자 팔갑이 후다닥 달려 나왔다.

"도련님!"

"너무 반가워하는 거 아니야?"

"당연한 거 아닙니까요? 생각보다 늦게 오셔서 제가 얼마나 걱정을 했는지 아십니까요?"

"미안해."

그때 배철 무사와 고주상 무사가 나왔다. 나는 일부러 밝게 웃으며 말했다.

"거래처 사람이 하룻밤 묵고 가라고 성화여서 말이야."

공식적인 내 출타의 이유는, 아버지의 부탁으로 근처 거래처를 만나 서신을 전한 것이다.

현재 내 호위무사와 팔갑 이외에는 그렇게 알고 있다.
"그런데 여 부관은?"
"지금 자고 있습니다요."
"응?"
"지금이 아니면 푹 잘 기회가 없다면서 잡니다요."
"현명하네."
자기 몸 자기가 챙기는 그런 자세, 아주 좋다.
"그래도 도련님이 출타 중이신데……."
"나를 믿는다는 거겠지."
내 말에 팔갑은 움찔했다.
"왜?"
"저도 믿었습니다요."
"그래그래, 알았어."
그렇게 날이 저물었다.

.
.
.

밤이다.
모두가 잠들어 있는 고요한 밤.
나는 객잔 일 층으로 내려갔다.
객잔의 주인이 창밖을 보며 술을 마시고 있었다. 그런데 그 모습이 무척이나 안쓰러워 보였다.
그건 내가 객잔의 주인 파두파파의 사연을 알고 있기

때문이다.

"혼자 드시는 겁니까?"

내 말에 그녀는 고개를 돌려 나를 보더니 놀란 표정을 지었다.

"어머나! 죄송해요."

이미 알고 있었으면서, 연기하는 거다.

"한잔 드릴까요?"

"아닙니다."

나는 손을 저었다.

"제 사부님께서 술 마셔서 좋을 것 없다고 하셨습니다."

"맞는 말이에요."

그녀가 고개를 끄덕였다.

"좋은 건 없지요. 하지만……."

"마시지 않고서는 견디기 힘든 날도 있죠."

내 말에 그녀는 나를 빤히 보았다.

"부군이 많이 편찮으시다고 들었습니다."

내 말에 그녀는 퍼뜩 일어나더니, 어느새 손에 들린 날카로운 비수를 내 목에 들이대었다.

"누구냐? 어디서 보낸 거지?"

나는 내 목에 닿은 비수를 손가락으로 슬쩍 밀었다.

"그냥, 어쩌다 보니 알게 되었습니다. 제 영업 비밀이라서 말씀드릴 수 없습니다."

현재 이 객잔의 객실 중 하나에는 파두파파의 남편이

있다.

 주화입마로 인해 누워만 있는 상황이고, 그런 남편을 보살피고 또 지키기 위해서 이 객잔을 운영하고 있는 것이다.

 또한 남편과 자신의 정체를 숨기기 위해 주안술로 젊은 여인인 척하는 거고.

 어찌 보면 홍금소 부인과 비슷한 상황이라고 할 수 있었다.

 오 년 후, 남편이 숨을 거둔다.

 파두파파는 남편의 복수를 하기 위해 객잔을 불태우고 세상으로 나왔다.

 파두파파의 남편이 주화입마에 빠진 이유가 무림맹에 속한 가문 중 하나인 염씨세가의 농간 때문이었으니까.

 파두파파의 성명무기는 도끼다.

 도끼로 적의 머리를 깨 버리는 할머니라고 해서 파두파파라고 불리는 거다.

 그리고 그때 사람들은 알게 되었다.

 파두파파가 무려 초절정의 고수였다는 것을.

 그녀는 복수를 마쳤다.

 그리고 조용히 세상에서 사라졌다.

 종남산의 광풍이 부는 그곳에서 복시령과 두 알을 봤을 때 파두파파의 남편이 떠올랐다.

 그 남편을 구해 준다면, 그녀를 내 편으로 만들 수 있지 않을까 하는 그런 생각 말이다.

하지만 이내 나는 한숨을 내쉬었다.

아무리 무림맹과 백천상단에 대한 복수를 위해서라지만 아픈 사람을 인질로 잡고 뭐 하는 짓이냐?

사람이 추악해지지는 말아야지.

그냥, 구할 수 있는 사람이 있으니 구하자는 생각을 하기로 했다.

아깝지 않냐고?

훗날, 복시령과가 필요할 때가 올지도 모르는데 여기서 써도 되냐고?

괜찮다.

남은 시간이 촉박한 것도 아니고, 앞으로도 세상에 나올 영약들이 없진 않으니까.

나는 파두파파의 앞에 앉았다.

그러고는 품에서 상자를 꺼내 탁자 위에 놓았다.

미리 꺼내 놓은, 복시령과 한 알이 담긴 작은 상자다.

"열어 보십시오."

"……?"

그녀는 조심스레 그 상자를 열었다.

"……!"

눈이 커졌다.

복시령과인 것을 알아본 것이다.

"대가가 뭐지?"

역시 오랜 시간 무림을 살아온 고수다웠다. 남의 호의를 섣불리 받아들이지 않는 것을 보니 말이다.

"그냥 안쓰러워서 드린다고 하면 믿지 않으시겠죠?"

"내가 안쓰러운가?"

"네."

잠시 나를 보던 그녀가 피식 웃었다.

"원하는 게 있으면 말해라. 몇 가지만 빼고 들어주지."

그 몇 가지는 아마도 남편에게 해가 되는 일, 아니면 무림의 은인에게 무기를 겨누는 일 정도겠지.

"첫째로, 이건 저희가 떠나고 삼 일 뒤에 쓰십시오."

"어째서지?"

"그건 두 번째 조건과 관련이 있습니다. 이것과 저를 연관시키지 마십시오. 남이 아는 거 싫습니다."

"알겠다."

"그리고 세 번째로, 누구 하나 거두어 주셨으면 합니다. 덤으로 오 년만 지켜 주시죠. 물론 이것도 사람들에게 비밀입니다."

이왕 이렇게 된 거 문주성 공자를 이곳에 머물게 할 생각이다.

.
.
.

다음 날, 우리는 객잔을 떠났다.

이제 집으로 돌아가야 할 시간이다.

* * *

며칠 후.
섬서성의 한 시골길.
한 청년이 끄는 수레에 한 중년의 여자가 앉아 있었다.
"힘들지, 아들?"
"아니요. 힘들지 않습니다. 저……."
"왜?"
"죄송해요, 어머니."
"뭐가?"
"그냥 전부 다 죄송해요."
그들은 문주성과 그의 어머니였다.
은서호와 헤어진 문주성은 득행상단에 돌아갔다.
당연히 빈손으로 돌아온 그는 많은 조롱을 받았다. 그리고 그의 아버지는 싸늘한 목소리로 그에게 말했다.

"역시 너는 운이 없구나. 상단에 쓸모가 없어."
"죄송합니다."

예상했던 멸시와 천대였다.
하지만 그는 자신이 오색빙정화를 찾았다는 말은 한마

디도 하지 않았다.

은서호와의 약속이었고, 그는 이에 대해 맹세했으니까.

사람이라면, 맹세는 지켜야 했다.

그리고 자신 역시 상인이다.

상인에게 신뢰는 목숨과도 같은 것이다.

"아버지, 드릴 말씀이 있습니다."

"뭐냐?"

"제가 종남산에서 생각을 해 봤습니다. 운이 없는 제 존재가 상단에 해가 된다면 하루라도 빨리 나가는 게 상단에 도움이 될 것 같습니다."

"나가겠다?"

"네, 어차피 얼마 뒤면 나가야 할 것 아닙니까? 그때 나가는 것보다 지금 나가는 것이 저를 지금까지 먹여 주고 입혀 준 상단에 보답하는 길이라는 생각이 들었습니다."

"좋다. 네 뜻대로 해라. 그리고 너 스스로 후계 자리를 포기했으니 원래 주려고 했던 재물에 조금 더 보태어 가져갈 수 있게 하마."

"감사합니다."

"하지만 이후로는 내 도움을 바라지 말거라. 이 상단에서 나가는 날부터 너는 내 아들이 아니니. 또한, 네 어미 역시 내 부인이 아니다."

"……네."

그는 아버지 앞에서 물러났다.
이미 어머니와 상의했고, 어머니는 그의 뜻에 따르기로 했다.
어머니 역시 계속해서 이렇게 멸시와 천대를 받으며 버티느니 미리 나가는 것이 낫다며 그의 결정을 반겼다.
그렇게 그들은 짐을 쌌다.
나가기로 한 날, 문주성의 아버지는 사람이 끌 수 있는 수레 하나를 보냈다.
거기에 실을 수 있을 만큼의 재물을 가져가는 것을 허락한다는 의미였다.
원래는 지게 하나 분량만 가져갈 수 있는 처지였는데 말이다.
문주성은 수레에 재물을 실었다.
'은인의 말씀대로였어.'
은서호가 그에게 말했다. 더 이상 상단에 폐를 끼치지 않기 위해서라도 제 발로 나가겠다고 하면 조금이라도 더 챙겨 줄 거라고.

"챙길 수 있는 재물은 챙겨야죠."

그리 말하던 은서호가 떠올라 자신도 모르게 피식 웃었다.

짐을 싼 그는 아버지가 있는 곳을 향해 마지막 인사를 올렸다.

찾아뵙는 것도 허락되지 않았으니까.

그리고 수레에 어머니를 태우고 득행상단을 떠났다.

주변에서 수군거림과 조롱이 들려왔지만, 전혀 개의치 않았다.

아니, 오히려 마음이 한결 홀가분했다.

그렇게 걷고 걷고 또 걸었다.

삼 일째 되던 날, 그들이 숲속에 들어섰을 때였다.

"어, 거기."

"……!"

"그 수레 놓고 꺼지든지, 아니면 내 칼에 죽든지. 뭘 선택할래?"

녹림이었다.

그는 허리의 검을 꽉 쥐며 후회했다.

'은인께서 표국에 호위를 부탁하라고 하셨는데…….'

하필 그걸 깜박하다니.

하지만 이미 벌어진 일이다.

그는 빠르게 결정을 내렸다.

아무리 재물이 중요하다지만, 자신과 어머니의 목숨이 더 소중하니까.

그러니까 이 재물을…….

"거기, 아가야? 너 지금 누구에게 검을 들이댄 거니?"

그때 누군가의 목소리가 들렸다.

고개를 돌려 보니, 한 여인이 어깨에 도끼를 메고 서 있었다.

커다란 도끼를 들고 있는 그녀는 이십 대로 보였지만, 말투는 할머니였다.

녹림들은 그녀의 시선을 마주하자 왠지 다리가 사시나무 떨리듯이 떨리었다.

"죽고 싶니, 아가야?"

그때 또 다른 누군가가 나타났다.

인상이 유해 보이는 평범한 청년이었다.

유엽도를 들고 있는 그가 뭘 한 것도 아닌데도, 녹림들은 털썩 주저앉고 말았다.

왜 그런지 알 수 없었다. 그냥 다리가 풀려 버렸다.

바지가 축축해졌다.

유엽도를 든 그가 혀를 차며 말했다.

"저런, 기가 허한 모양이군."

분명 외양은 청년인데 말투는 노인이다.

"그러게 말이에요. 호호."

여인이 다정하게 말했다.

"아가야, 죽고 싶지 않으면 착하게 살거라."

"네! 네네!"

"그리하겠습니다."

"당장 손 씻겠습니다."

그리고 녹림들은 후다닥 도망가 버렸다.
두 남녀는 문주성을 보며 물었다.
"네가 문주성이라는 아가냐?"
"아, 네! 그, 그렇습니다."
"어머니와 함께 따라오너라."
"네?"
"은씨 아가에게 부탁받았다. 우리 여춘객잔에서 일손을 돕거라."

초절정의 파두파파.

그리고 그녀의 남편이자 반로환동한 화경의 고수 유유검제(流柳劍帝)의 부활이다.

* * *

저 앞에 보이는 낯익은 건물.
은해상단 본단에 도착했다.
"드디어 도착했습니다요."
팔갑의 말에 나는 고개를 끄덕였다.
호북에서 섬서로 가는 것보다 섬서에서 호북으로 돌아오는 길이 더 빠르고 쉬웠다.
아무래도 육로보단 수로가 이동 속도가 빠른데, 돌아오는 것은 강을 타고 내려오기만 하면 되니까.
우리가 상단에 들어서자, 문지기가 얼른 예를 표했다.

"현풍국주님을 뵙습니다."
"수고하십니다. 별일은 없죠?"
"네, 평안합니다."
"다행이네요."
나는 안으로 들어갔다. 그리고 여창의 부관에게 말했다.
"오늘은 들어가서 푹 쉬세요."
"감사합니다."
"그리고 배철 무사, 고주상 무사."
"네!"
"수고 많으셨어요."
"뜻깊은 여정이었습니다."
"함께해서 영광이었습니다."
두 무사는 고개를 숙이고는 돌아갔다.
나는 그들의 뒷모습을 보며 씨익 웃었다.
종종 불러서 써먹어야지.
"팔갑이랑 두 무사께서는 먼저 문곡당으로 가세요."
먼저 씻고 할 일 하라는 의미다.
"알겠습니다요."
"그럼 먼저 가겠습니다."
나는 곧바로 아버지가 계시는 은룡전으로 향했다.
잘 도착했다고 대면으로 보고해야 하니까.
현풍국은 독립된 조직이기에, 곧바로 아버지에게 보고

하면 된다.

.

.

.

잠시 후, 나는 아버지 앞에 섰다.
"소자, 무사히 다녀왔습니다."
"그래, 수고했다."
아버지는 나를 보며 피식 웃었다.
"엄 행수에게 자세한 사정을 들었다. 이번에도 큰 공을 세웠더구나."
섬서갈을 잡은 것에 대한 이야기다.
"뭐, 네 능력이야 익히 알고 있었지만, 이번 일은 솔직히 나도 예상하지 못했다. 사기꾼을 잡고 그 사기꾼을 속여서 자백을 받아 내다니 말이야. 하하하!"
쑥스러웠다.
"그걸로도 모자라 흑차를 만드는 차밭과 직거래 선을 만들고, 또 섬서의 상단 세 곳을 흡수하다니 말이야."
아, 그러고 보니 그 일이 있었지.
"그 상단들은 받아들이시는 겁니까?"
"그래, 우리 상단에서 관리하기로 했다."
잘됐네.
"그에 관한 양해 각서는 내총관과 연 각주가 주선하여 수결했다."

"다행이군요."

"그래, 정말로 고생했다."

"아닙니다. 해야 할 일을 한 것뿐입니다."

"그건 그렇고, 우이상단에 갔던 일은 잘 끝냈느냐?"

나는 차분히 핵심만 구두로 보고하고, 미리 작성해 둔 보고서를 내밀었다.

"자세한 것은 이 보고서를 봐 주시면 됩니다."

"그래, 별 문제는 없다는 거구나."

"네."

아버지는 보고서를 받으며 고개를 끄덕이셨다.

"어서 가서 쉬도록 해라."

"그래도 조부님과 어머니께 얼굴은 비춰야죠."

아버지께 보고를 마치고 문곡당으로 돌아온 나는 씻고 옷을 갈아입었다.

그리고 조부님과 어머니를 차례대로 찾아가 잘 다녀왔노라 인사를 드렸다.

정호 형은 출타 중이었다.

하여 형수님과 진호 형에게 다녀왔다고 말하고는 다시 별당으로 돌아왔다.

아, 힘드네.

아직 해야 할 일이 하나 남았다.

이번 섬서행의 진짜 목적이었던 복시령과를 홍금소 부

인의 남편에게 먹여야 했으니까.

내일부터 다시 바쁜 일상의 시작이다.

오늘이 가장 한가했다.

그리고 이왕 먹을 거 싱싱할 때 먹어야 약발이 잘 받지 않을까?

* * *

한 기와집.

그곳의 침상에 한 남자가 누워 있었다.

비쩍 말라 있었지만, 이목구비를 보면 건강했을 때 제법 잘생긴 남자였음을 추측할 수 있었다.

그의 이름은 서우.

홍금소 부인의 남편이다.

그는 일류 무사로, 표국의 표두로 일했었다.

그랬던 그가 이렇게 자리보전하게 된 것은 표행 도중에 만난 흑도무사와의 싸움 때문이다.

흑도무사는 패혈장이 특기였다.

어찌어찌 그 흑도무사는 물리쳤지만, 싸움 도중에 맞은 패혈장이 얼마 후 탈을 일으켰다.

피를 토했을 때 뭔가 이상하다고 생각했는데, 패혈장으로 인해 장기가 썩어 가기 시작했던 것이다.

결국, 더는 표두로 일하지 못하게 되었다.

썩어 가는 장기로 인해 거동은 물론이고 눈도 보이지 않았다. 말도 하지 못했다.

오직 제 기능을 하는 건 코와 귀뿐이었다.

이를 아는지 모르는지, 매일 밤 부인은 그에게 하루 있었던 일에 대해서 이야기했다.

"오늘은 날씨가 참 좋아요. 이런 날 함께 강변을 걸었는데."

"……."

"꼭 일어나요. 다시 당신과 함께 강변을 걷고 싶어요."

처음, 서우는 자신의 삶을 포기하려고 했다.

하지만 매일매일 자신에게 반드시 일어날 것이라 하는 부인의 말을 들으며 그 생각을 버렸다.

반드시 살아나리라고 결심했다.

그래서였을 거다.

필사적으로 목숨 줄을 붙든 것은.

"되도록 오래 살아 줬으면 하네. 솔직히 자네는 가망이 없지만 그래도 제법 돈이 되거든."

돈만 밝히는 의원의 말에 분노하면서도.

"오늘 혼인 패물을 팔았어요. 마지막까지 그건 간직하고 싶었는데……."

부인의 말에 서글픈 마음을 참으면서도.

그러던 어느 날, 부인은 평소와 달리 무척이나 들뜬 목소리로 말했다.

"저 이제부터 은해상단에서 일하게 되었어요. 돈 많은 도련님 의복이나 한 벌 지으려나 했는데, 글쎄 은해상단주의 아드님이더라고요. 제 옷 짓는 솜씨가 마음에 드셨다네요. 사실 그 옷이 사람이 입는 옷이 아니라 인형 옷이지만 그래도 돈을 많이 주신다니까요."

그리고 평소 듣던 의원의 목소리가 아닌 다른 의원의 목소리가 들렸다.

"쯧쯧, 그동안 약을 잘못 썼군. 같은 의원이라고 하기에도 부끄러운 개 같은 자식!"

그때부터였을 것이다.
점차 편안해지기 시작한 것이.

"저 오늘 상단주님께 칭찬받았어요. 제가 지은 인형 옷이 아름답다고 하시더라고요."

"제가 말했나요? 자무인형의 인기가 굉장하다고요. 많이 팔렸다고 추가금을 받았어요."

그리고 부인의 목소리가 밝아지기 시작한 것이.

"오늘 은서호 도련님이 말이죠."
"은서호 도련님이……."

점차 은서호라는 인물에 대해서 말하는 비중이 커지기 시작했다.
그리고 퀴퀴한 냄새가 나던 작은 집에서 향기로운 냄새가 나는 집으로 이사했다.
점차 자신과 부인을 둘러싼 환경이 바뀌기 시작했다.
모든 건 은서호라는 인물 덕분이었다.
그렇게 일 년이 흘렀을 때, 그의 눈이 보이기 시작했다.
그토록 보고 싶었던 부인의 얼굴이 보였다.
"어? 제가…… 제가 보여요?"
평소와 달리 생기를 담아 움직이는 눈동자에, 부인은 놀라 외쳤다.

서우는 눈을 한 번 깜박였다.
보인다는 의미다.
"아……."
그녀의 눈에 눈물이 고였다.

.

.

.

그렇게 시간이 흘렀다.
서우는 느꼈다. 이대로 몇 년만 더 치료한다면 죽지는 않을 것임을.
하지만 욕심이라는 것이 참 간사했다.
살았다는 것만으로도 감사해야 했는데, 무공을 사용하던 자신을 떠올리니 지금의 자신이 너무나도 한심하게 느껴졌기 때문이다.
자신은 그저 집에 있으면서 부인이 벌어다 주는 돈으로 생활을 영위해야 하는 거다.
자신이 일어나면, 그러면 부인을 행복하게 해 주겠다고 결심했는데…….
이래서는 부인을 고생시키는 꼴이 되니까.
물론 부인은 살아만 있어 주면 된다고 하지만…… 그러고 싶진 않았다.

여름이다.

문밖에서 들리는 매미 소리가 여름이라는 것을 알려 주었다.

옆에서 윙윙 돌아가는 작풍기라는 기물 덕분에 덥지 않았다.

공밀이라는 장인과 은서호 소단주, 아니, 현풍국주의 합작품이라고 했다.

'저런 신묘한 기물을 만들어 팔다니. 정말 난 사람은 난 사람인가 보군.'

그때 그가 누워 있는 방의 방문이 열렸다.

끼이익.

하지만 발소리가 들리지 않았다.

'누구지? 도둑? 목적이 뭐지?'

하지만 자신은 아직 움직일 수 없었기에 대응할 수가 없었다.

서우가 긴장할 때 그의 눈앞에 웬 잘생긴 청년의 얼굴이 보였다.

"처음 뵙겠습니다. 은해상단의 현풍국주 은서호라고 합니다."

"……!"

그 말에 서우의 눈이 커졌다.

대체 어떻게 생긴 인물인지 궁금했는데, 오늘에서야 그 궁금증이 풀렸기 때문이다.

그러나 곧 의문이 들었다.

보통 누군가 오면 하녀가 손님이 왔음을 전하곤 했으니까.
그런데 그런 기척도 없이 슬그머니 들어온 거다.
또한, 지금은 부인이 출근하고 없는 시간이다.
그런데 부인과 함께 오지 않았다.
그 말인즉, 비밀리에 자신에게 뭔가 볼일이 있다는 의미다.
"제가 왜 왔는지 궁금하신 표정입니다."
서우는 눈을 한 번 깜박였다.
"저는 원한도 잊지 않지만, 은혜도 잊지 않습니다. 부인의 솜씨 덕분에 저희 상단은 큰 이문을 보았습니다. 그래서 감사한 마음을 가지고 있던 차에, 마침 제 손에 이게 들어왔습니다."
은서호는 품에서 꺼낸 상자를 열어 보여 주었다.
앵두를 닮은 열매가 보였다.
"복시령과입니다. 이것을 먹으면 십 년 전의 몸 상태로 되돌릴 수 있죠."
"……!"
"저는 이걸 대협에게 먹일 겁니다. 이건 운기조식을 할 필요가 없습니다. 내공이 아닌 몸 자체에 적용되는 영약이니까요."
충격적인 이야기였다.
그런 영약이 있다는 건 풍문으로 들어 알고는 있었다. 하지만 이해가 되지 않았다.

대체 왜?

그런 무가지보를 왜 자신에게 준단 말인가?

아무리 자신의 부인이 상단에 도움이 되었다고 해도 이렇게 귀한 영약을 자신에게 베풀 정도는 아니다.

그런 그의 생각을 읽은 건지 은서호가 말했다.

"이걸 왜 대협에게 주는지 궁금하다는 표정이네요."

서우는 눈을 깜박였다.

"대협 덕분에 목숨을 구한 적이 있거든요. 대협은 기억하지 못하시겠지만요."

그런 적이 있던가?

"원래 은원 관계라는 것이 그런 거 아닐까요? 준 사람은 기억 못 하지만 받은 사람은 기억하는……."

은서호는 미소 지었다.

"아까 말했듯이 저는 원한도 잊지 않지만 은혜도 잊지 않습니다. 제 목숨을 구해 주었으니 저 역시 당신의 목숨, 아니, 당신의 잃어버렸던 삶을 되돌려주려고 합니다."

은서호는 상자 속 복시령과를 집어 들었다. 그리고 그걸 서우의 입에 넣었다.

"드시면 됩니다."

서우는 자신의 입에 들어온 복시령과를 삼켰다.

정확하게 말하면 그냥 식도를 타고 넘어간 것이다.

그 순간, 서우는 자신의 몸에 일어나는 변화를 느꼈다.

빠졌던 살과 근육이 다시 차오르기 시작했다.

간신히 형태만 유지하고 있던 장기들이 되살아나기 시작했다.

말라붙었던 근맥이 살아났다.

그리고.

"아…… 아아……."

목소리가 나오기 시작했다.

그걸 보며 은서호가 말했다.

"새로운 삶을 되찾으신 거 축하드립니다."

　　　　　　　＊　＊　＊

나는 홍금소 부인의 집에서 나왔다. 그리고 기척도 없이 들어갔던 것처럼 기척도 없이 나왔다.

"일은 잘되셨습니까?"

근처에서 기다리고 있던 팔갑의 물음에 나는 고개를 끄덕였다.

"응."

내 대답에 두 호위무사가 말했다.

"정말 다행입니다."

"솔직히 남 일 같지가 않았습니다."

무사들은 흔히들 도산검림을 걷는다고 한다. 그 말은 언제 상대방의 공격에 다치거나 목숨을 잃을지 모른다는 의미다.

표두 일을 하다가 자리보전하게 된 서우 무사처럼 말이다.

서우 무사는 성실하고 인품이 좋은 표두였다고 한다.

인망이 두터웠던 그가 그리되었으니 안타까움이 더욱 컸던 것.

그동안 알게 모르게 서우 무사에게 은혜를 입었던 자들이 서우 무사와 그 부인을 지켜 주었다고 한다.

그래서 무뢰배들이 홍금소 부인을 어떻게 하지 못한 것이다.

그런 말이 있다.

사람이 평소 덕을 쌓아야 하는 이유는 결국 위기에 빠졌을 때의 자신을 위해서라고.

사람은 베푼 대로 받는 법이다.

그래서 사람은 착하게 살아야 한다니까.

이 말은 백천상단과 무림맹에 하고 싶은 말이다.

그들 역시, 그들이 쌓은 업보를 되돌려받게 될 테니까.

서우 무사에게 벌어진 기적 같은 일에 대해서는 이미 그를 담당했던 의원에게 제법 많은 돈을 주고 입단속을 시켰다.

그리고 서우 무사도 비밀을 간직하기로 했다.

언젠가 비밀이 밝혀지겠지만, 그때는 내가 그로 인한 관심을 소화할 수 있게 될 테니까.

"돌아가자, 상단으로."

리장. 고모님을 위하여

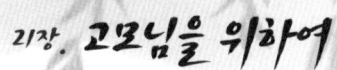

고모님을 위하여

유소악은 서책을 덮었다.

"오늘 수업은 여기까지다."

"가르침에 감사드립니다."

유소악의 앞에는 두 청년이 자세를 바르게 하고 앉아 있었다.

아니, 청년이라고 하기에는 무척이나 앳된 얼굴이다.

그들은 각각 곽형진과 석일송이다.

올해 성년이 되는 나이를 앞두고 있었다.

이 년 전, 그들은 은서호의 소단주 임명식을 계기로 만났고, 유소악 아래에서 함께 수학하기 시작했다.

그들은 가장 치열하게 경쟁하는 호적수이자, 가장 친한 친우다.

서로 절차탁마한 덕분에 나이 열다섯이 가까운 지금 서경(書經)을 배우고 있었다.

놀라운 성취였다.

석일송이 상단에서 일하는 것에 자극을 받았는지 곽형진도 일을 하겠다고 했다.

그런 곽형진은 외총관이자 은풍대주인 고일평이 얼른 집어 갔다.

"오! 네 몸을 보니 무공을 좀 하는구나. 네 아버지가 곽표두라고? 가전 무공을 배우는 중이구나. 그래? 벌써 논어를 배운다고? 머리가 좋구나. 잘됐군! 내가 처리할 일이 좀 많은데 도와줄 수 있겠느냐?"

"열심히 하겠습니다."

안 그래도 쓸 만한 부관이 필요했던 참이었다.

하지만 재경각에서 데리고 온 이들은 하나같이 오래 버티지 못하고 돌아갔다.

무공을 익힌 이들을 상대하는 것이 쉽지 않았기 때문이다.

그런데 곽형진은 머리도 좋으면서 무사들의 기운에 전혀 겁먹지 않았으니, 고일평이 그런 인재를 놓칠 리가 없었다.

곽형진은 물 만난 물고기가 되었다.

유소악의 지도를 받으며 문서 작성 능력은 날이 갈수록 능숙해졌다.

그리고 은풍대의 고질적인 문제인, 줘야 할 서류를 제때 주지 않는 문제도 해결되었다.

받아야 할 서류를 주지 않으면 득달같이 달려가 재촉했기 때문이다.

"내일 번을 서는 무사들 명단, 오늘 오전까지 주신다면서요? 왜 안 주시는 겁니까?"
"아, 준다니까."
"지금 당장 주십시오!"
"아, 거 새끼, 되게 재촉하네."
"저 애새끼인 거 맞고요, 주실 때까지 안 갑니다, 저."
"아, 진짜……."

곽형진이 배우는 무공은 가전 무공인 태음빙해신공과 진설십이식검법.

은서호와 같은 무공을 배우고 있다.

비록 은서호에 비하여 내공도 적고 성취도 낮다.

하지만 태음빙해신공은 겨울바다의 매서움을 본떠 만든 신공이다.

그 기운을 일반 무사들이 감당하기에는 벅찼다.

게다가 곽형진은 평소 아버지의 기세를 느끼며 생활하

기에 무사들의 기세에도 쫄지 않았다.
 결국, 서류 작성을 미루는 탓에 타 각부에 늘상 폐를 끼치던 은풍대 무사들은 곽형진 때문에 서류 작성을 즉시 처리하게 되었다.
 하여 일 처리가 재깍재깍 되었으니, 외총관 고일평과 은풍대 부대주 윤충진도 모두 만족했다.

 "내가 인재를 잘 데리고 왔지. 허허허."

 그렇게 석일송은 재경각에서, 곽형진은 은풍대에서 인정받는 인재로 성장하고 있었다.

 "내일모레부터 너희 둘의 휴가구나."
 "네."
 "그렇습니다."
 은해상단은 공식적인 휴가가 두 번 있다.
 복날 주는 복 휴가와 겨울에 주는 동지 휴가다.
 복날 주는 휴가는 초복, 중복, 말복 때를 골라서 삼 일 연속으로 쉴 수 있었다.
 곽형진과 석일송은 이번 말복에 휴가를 가는 것을 선택했다.
 "휴가 동안은 수업도 없으니, 온전히 휴가를 즐기도록 해라."

"네."

"그리하겠습니다."

"그래서, 무엇을 하며 휴가를 보낼 생각이냐?"

"그게……."

"잘 모르겠습니다."

그들은 곧 중요한 사실을 깨달았다.

삼 일의 휴가를 받았지만 정작 뭘 하고 지내야 할지 모르겠다는 것이다.

"한번 생각해 보거라."

"네."

그들은 유소악에게 인사를 하고 그가 머무는 별당에서 나왔다.

유소악은 은해상단 내의 별당에서 지내고 있었으니까.

"가자, 내가 은풍대까지 바래다줄게."

"그래."

석일송은 유소악의 별당에서 함께 지내고 있기에 이따가 유소악과 함께 재경각으로 가도 되었다.

하지만 곽형진을 은풍대까지 데려다주고 재경각으로 가는 것을 선택했다.

"그런데 우리 진짜 휴가 때 뭐 하냐?"

"그러게……."

그때 그들은 저 앞에 서 있는 반가운 인물을 발견했다.

은서호다.

그 둘에게 은서호는 은인이다.

집 근처 대나무 숲에서 죽을 뻔했던 곽형진을 살려 주었다.

거지꼴로 떠돌던 석일송을 구해 주었다.

그렇기에 그 둘에게 은서호라는 인물에 대한 의미는 남달랐다.

'이번에 섬서갈이라는 사기꾼을 잡아 족치셨다는데.'

'섬서의 상단 세 개를 휘하에 두셨다던가?'

'역시 대단하신 분이야!'

'아버지가 은서호 국주님 칭찬을 하실 만해.'

그들은 얼른 인사했다.

"안녕하세요."

"안녕하세요."

은서호는 그들의 인사를 반갑게 받아주었다.

"안녕. 공부하고 오는 모양이구나."

"네."

"그렇습니다."

그런 은서호였기에, 그들은 현재 자신들의 고민에 대해 물었다.

"저, 여쭈어볼 게 있습니다."

"뭔데?"

"저희가 복 휴가를 받았거든요."

"그렇구나. 그럼 내일모레부터 휴가네? 부럽다."

진짜 부러워하는 것이 느껴졌다.

"그런데 뭐가 궁금한데?"

"저, 국주님께서는 휴가를 어떻게 보내십니까?"

그 물음에 은서호는 하하 웃으며 말했다.

"나는 휴가가 없는데?"

"네?"

순간 그들은 당황했다.

"소단주가 되었을 때부터 휴가라는 게 없더라고."

"……."

"그래도 여름에 공식적으로 한 이틀 쉴 수 있었나? 그런데 일이 바쁘니까 그것도 못 챙기네."

"……."

"그래도 바쁘지 않다면 하루 이틀 정도는 비공식적으로 뺄 수도 있으니까."

그들이 볼 때 은서호는 무척이나 바빴다.

과연 휴식을 위해 뺄 수 있는 날이 있을까 싶을 정도였다.

있는 휴가도 바빠서 못 챙기는데 말이다.

곽형진이 말을 꺼냈다.

"저, 사실 저희가 휴가 때 뭘 해야 할지 잘 몰라서요."

석일송이 말을 이었다.

"뭘 해야 좋을까요?"

그 물음에 은서호는 웃으며 말했다.

"우선, 놀아."
"네?"
"저잣거리에 나가서 무슨 물건이 있는지도 보고, 희희단 재주도 보고. 그렇게 놀다 보면 뭘 하고 싶은지 생각이 날 거야."

* * *

나는 멀어지는 곽형진과 석일송을 보았다.
휴가라니…….
아, 부럽네.
섬서성에서의 일정이 늘어지는 바람에, 공식적인 이틀간의 휴식은 물 건너갔다.
휴가를 즐기기에는 쌓인 일거리가 무척 많았기 때문이다.
잠시 입맛을 다시던 나는 발걸음을 재촉했다.
아버지가 부르셨기 때문이다.

"부르셨습니까?"
아버지는 나에게 다탁을 가리켰다.
"앉아라."
"네."
다탁에 앉기를 권하시는 것을 보니 이야기가 길어질 조짐이 보였다.

시녀가 차를 내왔다.

"서호야."

"네, 아버지."

"네 고모에게 다녀와야겠구나."

"……네?"

반문하는 나에게 아버지가 서신 하나를 건넸다.

"네 고종사촌 형이 과거에 급제했다고 하는구나."

"……."

나는 서신을 받아 읽어 보았다.

그 내용을 보니 고종사촌 형이 과거, 그러니까 회시에 급제했고, 하여 이를 축하하는 연회를 연다는 내용이다.

과거는 우선 현시와 부시와 원시를 봐서 합격해야 했다.

여기서 합격하면 생원이 된다.

그리고 성의 모든 생원들이 모여 시험을 보는데 여기 향시에서 합격하면 거인이 되는 거다.

거인이 되면 낮은 관직에 임명될 수 있었지만, 중앙 핵심 관료가 되기 위해서는 최종적으로 회시와 전시를 거쳐야 했다.

고종사촌 형은 회시에 합격한 거다.

축하받을 만한 일이다.

회시에 합격하는 건 진짜 어려운 일이니까.

전시는 마지막으로 우열을 가려서 어느 관직에 앉힐 것인지를 결정하는 것이다.

여기서 장원이 결정된다.

"그래서 말인데, 네가 우리를 대신하여 네 조부님을 모시고 다녀오거라. 너도 알다시피 정호와 진호 모두 출타 중이니까."

"저는……."

"어차피 이번에 북경에 가야 하는 거 안다. 섬서성 우이상단에 다녀왔는데 그 보고를 하지 않을 셈이냐?"

"……."

아버지의 말대로다.

감찰을 하면 감찰 보고서를 작성하고 한 달 이내에 감찰 사항에 대해 보고를 해야 했으니까.

나는 이달 말에 가려고 했는데…….

"언제 출발해야 합니까?"

"적어도 내일모레에는 출발해야지."

"그렇군요."

고모님은 북경의 상인 가문에 시집을 갔다.

하여 전에 북경에 갔을 때 고모의 가족을 보고 왔었다.

"준비하도록 해라."

"……네."

나는 아버지의 집무실에서 나왔다.

고종사촌 형을 만나야 한다라…….

솔직히 나는 고종사촌 형을 만나는 게 좀 껄끄러웠다.

누가 학문하는 사람이 아니랄까 봐 만나기만 하면 '공자가 어떻고 맹자가 어떻고' 지루한 이야기만 해 대니까 말이다.

 전에 나 혼자 북경에 갔을 땐 한창 공부 중이었기에 슬쩍 고모님만 만나고 돌아왔었다.

 하지만 이번에는 정식으로 고종사촌 형을 만나러 가는 거다.

 어느 정도 자리를 함께하는 건 일종의 예의다.

 무척 바쁜 일이 아니라면, 적어도 한 시진은 함께 자리해야 했다.

 귀에 피 나겠네.

 솔직히 나는 공자 왈 어쩌고 하는 걸 좋아하지 않는다. 그래서 유 총관과 그에게서 수학하는 곽형진과 석일송이 대단하다고 생각한다.

 잠깐.

 그러고 보니 곽형진과 석일송이 내일모레부터 삼 일 동안 휴가라고 했지?

 나는 그대로 뒤를 돌아 다시 아버지의 집무실로 향했다.

 "아버지, 드릴 말씀이 있습니다."

 .
 .
 .

 나는 아버지께 곽형진과 석일송을 데리고 북경에 가는

것을 허락받았다.

미래 은해상단의 인재가 될 아이들의 견문을 넓힌다는 명목이다.

그리고 조부님의 말동무도 필요했으니까.

그날 오후.

북경행에 대해 석일송과 곽형진에게 알렸을 때 그들은 무척이나 기뻐했다.

"북경에 간다고요?"

"정말입니까?"

그렇게 좋아하니, 두 녀석의 상관인 유 내총관과 고 외총관은 차마 '안 됩니다!'를 외치지 못했다.

그래, 그걸 노렸지.

그리고 아직까지 그리 중요한 일을 맡은 건 아니기에 한 달 정도 시간을 뺄 수 있었다.

.

.

.

다음 날 아침.

내가 운기조식을 끝내자마자 사부님께서 나타나셨다.

"좋은 아침입니다."

"사부님, 오셨습니까?"

"그럼 오늘의 수련을 시작하겠습니다."

오늘부터 나는 진설십이식검법의 제팔식을 배우기 시작한다.

여덟 번째 초식의 이름은 일점현빙(一點懸氷).

하나의 고드름이라는 의미다.

"하나의 점에 집중하여 공격하는 겁니다. 일격필살의 수법이라고 할 수 있습니다."

"집중력이 상당히 필요하겠네요."

"국주님의 말대로입니다."

이번 초식은 얼마나 오래 걸리려나.

말만 들어도 시간이 좀 걸릴 것 같은데 말이지.

지난 삶에서도 그랬고.

오늘의 수련도 의미 있는 시간이었다.

속으로 '사부님, 미워요'를 좀 외치긴 했지만.

"오늘 수련은 여기서 마치겠습니다."

"가르침에 감사드립니다."

사부님은 나를 보며 말했다.

"형진이가 신이 났더군요. 북경에 간다고 말입니다."

"아……."

그때 갑자기 사부님이 나에게 고개를 숙이며 포권했다.

"어? 사, 사부님?"

그런 사부님의 행동에 나는 깜짝 놀랐다.

"우리 형진이를 잘 부탁드립니다."

"……."
아들을 위해 고개를 숙인 아버지의 모습이었다.
나 역시 공손히 고개를 숙여 인사했다.
"네, 무사히 다녀오겠습니다."

.

.

.

아침을 먹은 나는 차장으로 향했다.
그곳에서 출발하기로 했으니까.
차장에 도착하자 이미 준비는 완벽하게 되어 있었다.
그때 누군가 허겁지겁 달려오는 소리가 들렸다. 고개를 돌려보니 곽형진과 석일송이다.
"늦어서 죄송합니다."
"죄송합니다."
"괜찮아. 늦지 않았어."
아직 조부님이 오지 않으셨으니 늦지 않은 거다.
그런데 두 녀석은 뭔가 바리바리 싸들고 있었다.
"그런데 뭘 그리 많이 싸 왔어?"
"옷이랑…… 가면서 먹을 간식 같은 겁니다."
"……?"
"내총관님께서 챙겨 주셨습니다."
유 총관, 석일송을 맡아 기르면서 아버지가 다 됐네.
나는 곽형진을 보았다.

그 역시 짊어진 짐이 적지 않았다.

뺨을 긁적이며 대답했다.

"어머니께서……."

"그렇구나."

그때 조부님이 나오셨다. 오랜만의 외출이라고 멋지게 차려입으셨네.

우리는 각자 마차에 나누어 탔다.

조부님은 두 녀석과 같은 마차에 탔고, 나는 팔갑, 여창의 부관과 한 마차에 탔다.

가면서 해야 할 일이 좀 있었기 때문이다.

"그럼 출발하지."

"네."

조부님의 말씀에 우리는 가족들의 배웅을 받으며 출발했다.

곽형진과 석일송은 조부님과 함께 가는 것을 무척 좋아했다.

제법 유용한 이야기를 듣는 모양이었다.

그래서 열심히 듣고 마음에 새기라고 했다.

돈 주고도 못 들을 귀중한 이야기였으니까.

．

．

．

며칠 후, 우리는 북경에 도착했다.

북경까지 가는 여정은 그리 힘들지 않았다.

워낙 길이 잘 닦여 있었으니까.

우리가 곧 도착한다는 전갈을 보낸 덕분에 고모님과 고모부, 그리고 선일 형과 선미는 미리 나와서 우리를 맞아 주었다.

고모부의 이름은 홍람천.

연준상단을 운영하고 계시는 상단주다.

연준상단의 전 상단주와 조부님은 친우이신데, 듣기로는 각자의 아들딸을 혼인시키기로 약속을 하셨다고 한다.

하여 고모님과 고모부가 혼인을 하게 된 것이다.

진중한 고모부와 활달한 고모님은 생각보다 무척 잘 어울리셨다. 금슬도 좋으시고.

고모님의 이름은 은희.

즐겁다는 의미인데, 활달한 그 모습은 이름과 딱 맞았다.

고모부와 고모님 옆에는 선일 형과 선미가 서 있었다.

선일 형은 올해 스물 하나, 선미는 나보다 두 살 어린 열다섯이다.

요즘 나날이 예뻐지고 있다.

"잘 지내고 있는 듯하구나."

"먼 여정에 고생 많으셨습니다, 장인어른."

"어서 오세요, 아버지."

조부님은 고모님의 가족들과 인사를 나누었고, 나 역시 인사를 나누었다.

"그런데 이 아이들은?"

고모님의 물음에 나는 얼른 대답했다.

"저희 상단의 견습생들입니다. 곽형진, 그리고 석일송입니다."

둘은 공손히 고개를 숙였다.

"유 총관에게 가르침을 받고 있는데, 이번에 선일 형이 과거에 급제했다는 말에 혹 자극을 받고 더욱 학문에 정진하지 않을까 하여 데리고 왔습니다."

"아아, 길상 오라버니에게 받은 서신에 언급되었던 청년들이구나."

선일 형은 기꺼운 표정을 지었다.

"그래, 나이가 어떻게 되느냐?"

그 물음에 곽형진과 석일송이 대답했다.

"열다섯입니다."

"저 역시 그렇습니다."

"학문의 성취는 어찌 되느냐?"

"저희 둘 다 서경을 익히고 있습니다."

"그 나이에 서경을?"

선일 형의 눈동자가 반짝였다. 이제 관심이 다 저쪽으로 쏠렸으니 나에게 지루한 말을 할 일은 없다.

그래서 저 둘을 데리고 온 것이지만.
하지만 이번 북경행은 곽형진과 석일송에게 득이 되면 되었지 손해 볼 일은 없었다.
관심사가 같으면 모든 대화가 즐거운 법이니까.

.
.
.

연회는 내일모레였다.
회시에 급제했기에 축하를 위한 연회를 열기는 하지만, 아직 전시가 남아 있다 보니 대대적으로 할 수는 없었다.
아직 매사에 조심해야 했으니까.
그래서 가까운 친지들만 불러서 연회를 여는 것이다.
그렇다 해도 준비하는 입장에서 바쁜 것은 어쩔 수 없다.
하지만 분주한 건 고모부와 고모님이지, 선일 형과 선미는 딱히 할 일이 없었다.
조부님은 피곤하다며 방에 들어가셨고, 고모부와 고모님도 바쁘셔서 접빈실에서 나가셨다.
하여 접빈실에는 나와 곽형진과 석일송, 그리고 선일 형과 선미만이 남았다.
"그래, 공자께서는 이에 대해……."
"와! 그렇군요. 그게 궁금했는데……."
"그러면 도를 터득한 대인에게 자기라는 것이 없다는

건 무슨 의미입니까?"

"내가 생각할 땐……."

"대단하십니다."

"거인의 식견에 놀랍습니다."

"대단하긴. 세상에는 나보다 놀라운 사람들이 훨씬 많단다. 그나저나 그 나이에 벌써 이런 식견이라니! 나야말로 놀랐다."

"아닙니다."

"과찬이십니다."

"이런 천하의 기재들을 가르친다니! 너희의 스승님이 부럽구나."

선일 형의 표정에는 정말 부럽다는 감정이 가득했다.

"내 너희의 스승은 되지 못해도 형이 되고 싶은데 어떠냐? 내 동생이 되는 건?"

"어찌 저희가……."

"그래도 됩니까?"

두 녀석은 나를 향해 시선을 보냈다. 괜찮냐는 의미다.

그들의 눈을 보았다.

싫지 않은 눈치다.

나는 피식 웃으며 말했다.

"너희가 좋으면 좋은 거지. 그건 너희 마음대로 해."

내 허락이 떨어지자, 두 녀석은 얼른 포권했다.

"그럼 소제, 거인을 형님으로 모시겠습니다."

"저 역시 형님으로 모시겠습니다."

셋은 경전에 대해 논하더니 의기투합해 버렸다.

왠지 유 총관과 제갈세가 태상가주의 모습이 보이는 듯했다.

.

.

.

연회날이 되었다.

"하하하! 축하드립니다."

"감사합니다."

"참으로 자랑스러운 아들을 두었네."

"제 자랑이지요. 하하하."

고모부의 얼굴에는 미소가 가득했다.

선일 형이 과거 시험을 준비하기 시작한 건 형이 좋아하기 때문이기도 했지만, 고모부의 바람이기도 했다.

현 황제가 상공업 진흥 정책을 펼친 덕분에 좀 덜하기는 해도, 상인과 장인은 여전히 천시받는 집단이었다.

먹물 좀 먹은 이들의 눈에는 돈만 밝히는 속물로 보이기 때문일 터.

내 눈에는 그게 같잖게 보였다.

관리들이 모여 사는 북경에서는 그런 경향이 좀 더 강했다.

그래서 고모부와 고모부의 선조께서는 알게 모르게 설

움을 많이 당하셨다고 한다.

그러던 중, 선일 형에게 문재가 보이자 그 설움을 풀고자 선일 형에게 글공부를 시키셨다.

그 결과, 선일 형이 스물한 살이라는 젊은 나이에 고모부의 그 바람을 이룬 거다.

나는 그 모습을 보다가 연회장으로 향했다.

그때 내 귀에 손님으로 온 이들이 나누는 대화가 들렸다.

일가친척들 위주로 불러 모았다지만, 가까운 곳의 지인들을 안 부를 수가 없었다.

하여 북경에서 활동하는 상인들 몇몇도 참석했다.

"참으로 좋겠군."

"그러게 말입니다."

"그런데 내 듣자 하니, 선일 공자의 실력이 무척 뛰어나서 장원도 노려봄 직하다던데?"

"그러하오?"

"내 예부의 관리 중에 친하게 지내는 이가 있는데, 그 자가 말해 준 거라네."

"오오!"

그 대화에 나는 고개를 갸웃했다.

장원을 노릴 만한 실력이라고?

내 기억에 의하면, 선일 형은 마지막 시험인 전시에서 장원은커녕 아래쪽 석차를 차지했었다.

고모님을 위하여 〈305〉

그것만으로도 고모부는 기뻐했지만.
그러고 보니······.
매사에 의욕적이었던 선일 형에게 의욕이 사라진 것이 전시를 치르고 나서였던 것 같은데?

연회가 끝났지만 나는 바로 돌아갈 수가 없었다.
황제에게 제출한 보고서에 대한 답을 받지 못했기 때문이다.
나는 곽형진과 석일송을 보았다.
이제 슬슬 지루해하는 것이 보였다.
그도 그럴 것이 계속해서 고모님의 집에만 있었으니까.
"얘들아."
"네."
"부르셨습니까?"
"우리 오늘 저녁은 나가서 먹을까?"
"네? 나가서라고 하시면?"
"모처럼 북경에 왔는데, 북경의 저잣거리도 구경하자는 거지."
내 말에 곽형진과 석일송의 얼굴에 활기가 돌았다.
"정말입니까?"
"정말 북경의 저잣거리를 구경하러 가는 겁니까?"
"응."

나는 두 녀석과 팔갑, 그리고 여 부관을 데리고 저잣거리로 나갔다.

두 녀석은 북경의 휘황찬란한 모습에 눈을 동그랗게 뜨고 구경하느라 바빴다.

딱 봐도 전형적인 시골뜨기의 모습이다.

하지만 그 둘을 털어먹기 위해 다가오는 자들이 없는 건, 내 뒤에서 버티고 있는 호위무사 덕분이겠지.

그렇게 신나게 구경을 마치고 저녁이 될 즈음, 한 반점으로 들어갔다.

삼 층 누각으로 된 그곳은 오리구이를 전문으로 하는데, 무척 맛이 좋았던 기억이 있다.

실제로 내 지난 삶에서도 이곳은 내 단골이었다.

대를 이어 운영하면서도 맛의 변화가 없던 것을 보면, 그 아들이 아버지에게 기술을 잘 전수받은 듯하다.

"어서 오십시오."

"화덕에 구운 오리를 세 가지로 요리한 것과 오색 만두 주십시오."

"알겠습니다. 차는 어떻게 하시겠습니까?"

"추천 차로 주십시오."

"알겠습니다."

곧 점소이는 차를 먼저 가져왔다.

마셔 보니 향긋함이 올라오는 것이 말리화 차다.

역시 느끼한 음식을 먹을 때는 말리화 차가 최고지.

이런저런 이야기를 할 때 만두가 먼저 나왔다. 만두 한 두 개를 먹고 있자니 오리 요리가 나왔다.

윤기가 도는 갈색빛의 오리는 보기만 해도 먹음직스러웠다.

"그럼, 오리를 손질해 드리겠습니다."

오리를 가지고 온 점소이는 직접 우리 눈앞에서 오리를 잘라서 접시에 담아 주었다.

화려한 몸놀림으로 오리의 살코기를 잘라 접시에 올려놓는 건 그 자체로 볼거리다.

순식간에 오리의 먹을 수 있는 부분은 얇게 저며져 접시에 가지런히 담겼다.

오리의 남은 부분은 탕국으로 만들어 먹는다.

거기에 국수를 말아 먹으면······.

침이 고이네.

"맛있게 드십시오."

점소이가 공손하게 말하며 접시를 가운데 올려놓았다. 나는 모두에게 말했다.

"그럼, 먹을까요?"

"잘 먹겠습니다."

나는 오리를 먹다가 곽형진과 석일송을 보았다. 정신없이 먹는 그 모습을 보니 흐뭇했다.

아, 이런 맛에 밥을 사 주는 건가?

그렇게 식사를 마치고 고모님 집으로 돌아가던 중 나는

낯익은 얼굴을 보았다.

음? 선일 형이네?

그런데 혼자가 아니라 동년배로 보이는 청년 여러 명과 함께였다.

어?

나는 순간 얼굴이 굳어졌다. 그건 선일 형과 함께 있는 이들 중 한 명이 내가 아는 얼굴이었기 때문이다.

그의 이름은 두진.

그자는 자영상단주의 아들이자, 훗날 자영상단을 이끄는 자이다.

후계 순위가 한참 아래인 다섯 번째 아들이었음에도 상단주가 된 것.

훗날, 젊었을 때부터 무림맹의 후원을 받은 것이 밝혀졌다. 즉, 무림맹의 힘으로 상단주가 되었던 것이다.

무림맹은 자영상단을 이용하기 위해 두진 공자를 후원해 준 것이다. 그리고 결국 버렸다.

하지만 그건 이십여 년 뒤의 일.

그래도 두진 공자가 무림맹 쪽에 붙었다는 사실은 틀림없다.

그런데 저자가 왜 저기에 있지?

뭔가 불안했다.

아무래도 가 봐야 할 듯하다.

나는 여웅암 무사에게 말했다.

"다른 사람들을 데리고 돌아가도록 하세요."

"갑자기 무슨 말씀입니까요?"

당연히 팔갑은 내 말에 반발했다.

"네가 있어야 애들을 안심하고 맡길 수 있을 것 같아서 그래."

"그런 겁니까요? 그럼 알겠습니다요."

그렇게 그들을 고모님 집으로 보내고 나는 이필 무사에게 말했다.

"저와 함께 갈 곳이 있습니다."

그리고 근처에서 죽립 하나를 사서 이필에게 쓰도록 했다.

나는 부채를 꺼냈다.

가린 얼굴을 잘 인지하지 못하게 하는 기물인 이 부채를 이제야 쓰네.

이 부채에도 이름이 있긴 했는데, 뭐였지?

고민하던 나는 그냥 내 멋대로 이름을 붙였다.

면막선(面幕扇).

얼굴을 가리는 부채라는 의미다.

역시 직관적인 이름이 최고다.

나는 선일 형과 일행이 들어간 곳을 따라 들어갔다.

꽤나 화려하게 잘 꾸며진 주루였다.

선일 형이 앉은 곳 바로 옆방에 마침 빈자리가 있었기에, 그곳에 자리를 잡고 앉아 귀에 공력을 집중했다.

그리고 대체 무슨 이야기가 오가는지 들었다.

"회시에 합격한 것을 축하해."

"고맙다."

"우리 북경칠옥(北京七玉) 중에서도 황궁의 관리가 나오는 건가?"

"그러게 말이야. 하하하."

북경칠옥······.

북경의 일곱 개의 보옥.

그러고 보니 선일 형까지 일곱 명이네.

나는 나도 모르게 팔에 닭살이 오소소 돋아서 팔을 문질렀다.

"추우십니까?"

이필 무사의 물음에 나는 고개를 저었다.

"아닙니다. 괜찮습니다."

그때 점소이가 내 앞에 술과 안주를 놓고 물러났다.

이런저런 이야기가 이어졌다.

그때, 선일 형은 소피가 마려운지 방에서 나왔고 그 뒤를 두진 공자가 따라 나왔다.

나는 본능적으로 느꼈다. 둘 사이의 대화를 들어야겠다고.

하여 이필 무사에게 잠시 앉아 있으라고 하고는 얼른 그들에게 다가갔다.

물론 기척을 죽인 상태였다.

이런 내 실력을 알기에 이필 무사가 순순히 나를 혼자 보낸 것이기도 하다.

잠시 후, 그들은 주루 근처의 나무 아래에서 마주쳤다.

"선일아, 우리 이야기 좀 할까?"

두진 공자의 말에 선일 형이 말했다.

"무슨 이야기를 하려는 건데? 단둘이 있을 때 해야만 하는 이야기라면 별로 듣고 싶지는 않은데?"

역시 선일 형도 상인 집안의 사람이다.

밝은 쪽의 이야기가 아님을 알아차린 듯하다.

"아니, 너를 위해서라도 들어야만 하는 이야기다."

"……뭔데?"

"이번 전시에서 네 답안지에 이름을 바꿔 적어라."

"그게 무슨 소리야? 이름을 바꿔 적으라니?"

선일 형의 미간이 잔뜩 찌푸려져 있었다.

그도 그럴 거다.

나 역시 방금 들은 충격적인 이야기 때문에 놀랐는데, 당사자인 선일 형은 얼마나 놀랐겠는가.

"내가 모시는 분이 계시거든. 그분께서 황궁에 사람을 넣으셔야 해. 그것도 훌륭한 과거 성적으로."

"……."

"그래서 네 도움이 필요하다는 거지."

두진 공자는 미소 지었다.

"그분을 도와준다면 너희 연준상단에 큰 도움을 주실

거다. 하지만 거절한다면 한순간에 연준상단을 망하게 하실 거다."

"……."

"너는 내 친우인데 너희 집안이 망하는 것을 보고만 있을 수 없어서 말이지. 그래서 내가 설득해 보겠다고 했어."

"……."

"선일아, 어차피 너에게 필요한 건 상인 가문에서도 과거 급제자가 나왔다는 명예잖아. 전시는 등수를 가리기 위한 것에 불과해. 성적이 하위권이라고 해도 너는 관리가 될 수 있고, 집안에 도움이 되겠지."

"……하지만 그건 부정행위다."

"부정행위 맞아."

"나에게 부정행위를 도우라는 것이냐? 솔직히 장원은 바라지도 않는다. 어떻게 나에게 양심을 버리라는 것이지?"

"네 양심이 그렇게 중요해? 네 집안이 풍비박산이 나도 좋을 만큼?"

선일 형은 그 말에 대답하지 못했다.

"아니잖아? 그렇지?"

"……."

"잘 생각하라고."

"대체 네가 모시고 있다는 그분이 누구냐?"

"그건 몰라도 된다."
"그것도 알려 주지 않고 나에게 지금……."
"하지만 증거를 보여 주지."
"증거?"
"집에 돌아가면 그 증거가 뭔지 알 수 있을 거야."
"……."
"들어가자. 다른 녀석들이 기다리겠다. 얼굴 좀 풀고."
 말을 마친 두진 공자는 선일 형의 어깨를 툭 치고는 먼저 주루의 방으로 들어갔다.
 잠시 생각하던 선일 형도 안으로 들어갔다.
 나는 입술을 깨물며 생각에 잠겼다.
 장원에 가까운 인재라는 평과 달리, 내 기억 속에서 선일 형의 전시 석차가 꼴찌에 가까웠던 이유가 있었다.
 협박을 받았던 거다.
 그러니까 무림맹에서, 무림맹의 사람을 황궁의 고위직으로 들여보내기 위해서 선일 형을 이용한 거다.
 하지만 과연 이런 더러운 짓거리가 한 번으로 끝났을까?
 협박이 통한다는 것을 알게 되니 몇 번이고 이와 비슷한 협박을 선일 형에게 했겠지.
 그러다 보니 자연히 선일 형의 성격은 염세적이고 냉소적으로 변해 갔을 테고.
 의욕도 잃었을 거다.

이때부터 무림맹은 은해상단의 걸림돌이었구나.

비록 고모님이 혼인해서 다른 집안으로 출가하셨다 해도, 은해상단 사람이다. 그리고 고모님은 나를 어릴 때부터 무척이나 예뻐하셨다.

그렇기에 무림맹의 같잖은 짓거리 때문에 선일 형의 성격이 변하고, 그로 인해 고모님이 마음고생하셨다는 것에 상당히 화가 났다.

잠깐…….

그런데 무림맹에서 왜 황궁에 사람을 심으려는 거지?

무엇을 위해서?

문득 앞으로 십삼 년 정도 뒤에 있을 큰 사건이 떠올랐다.

내가 제갈세가 태상가주의 독살을 막을 수 있었던 건 그 사건을 기억하고 있었기 때문이다.

바로, 황후 독살 사건.

그리고 그 밑의 후궁이 황후가 되었지만, 수많은 이들이 고초를 겪었고 곧 그 범인이 잡혔다.

하지만 그 범인이 진짜 범인이었는지는 모른다.

단지 황후에게 원한이 있었다고만 진술했을 뿐이었으니까.

그때부터였다.

황궁에서 무림맹의 오만방자함을 묘하게 눈감아 주기 시작했던 것이.

고모님을 위하여 〈315〉

딱 봐도 진짜 골치 아픈 일에 선일 형이 관련된 거다.
"아, 젠장."
"왜 그러십니까?"
그런 내 반응에 이필이 물었고, 나는 한숨을 내쉬었다.
"좀 골치 아픈 일이 생길 것 같아서 그렇습니다."
그래도 이대로 두고 볼 수는 없다.
이번 일이 성공하면 무림맹의 입지가 넓어질 터.
무림맹에 대한 복수를 다짐한 나에게는 깽판 칠 좋은 기회인 거다.
무림맹의 계획을 저지하는 것도 저지하는 거지만, 선일 형이 마음의 상처를 받게 할 수는 없었다.
고모님을 위해서라도.

.

.

.

집에 들어오자 뭔가 집안이 어수선했다.
"무슨 일 있어?"
내 물음에 팔갑이 얼른 대답했다.
"그게, 연준상단과 거래하던 곳에서 갑자기 거래를 끊었다고 합니다요."
"……뭐?"
두진 공자가 선일 형에게 말했던 '증거'가 바로 이것인 듯했다.

결국, 이런 상황에서 선일 형은 상단과 가족을 선택한 거다.

이렇게 치사하게 나온다는 거지?

다음 날.

나는 여응암 무사와 이필 무사에게 두진 공자의 감시를 부탁했다.

밤이 되었을 때, 이필 무사가 나를 찾아왔다.

"드디어 움직였습니다."

"가죠."

나는 즉시 이필 무사를 따라갔다.

그리고 여응암 무사가 표시해 놓은 것을 보고 그 뒤를 따라갔다.

은풍대 무사들만 알 수 있는 표식이다.

곧 여응암 무사를 만날 수 있었다.

"오셨습니까?"

"네."

"배를 타고 저쪽으로 갔습니다."

넓은 호수에 배가 있었다. 두진 공자는 배를 타고 가운데로 향하고 있었다.

그리고 다른 쪽에서 또 다른 배가 두진 공자의 배를 향해 오고 있었다.

밀담이 오갈 것이 틀림없다.

그 밀담을 듣고 싶지만, 우리가 배를 타고 그곳으로 간다면 그들에게 들킬 거다.

그러면 밀담은 없던 것이 되겠지.

사부님께서 알려 주신 수공이 떠올랐다.

빙해동화심법과 빙해수절공이.

그러니까…… 내가 가야 하는구나.

나는 겉옷을 벗어 이필 무사에게 주며 말했다.

"잠시만 맡아 주십시오."

"네? 뭘 하시려고……."

"잠시, 다녀오겠습니다."

나는 크게 숨을 들이쉬었다. 그러고는 빙해동화심법을 운용하면서 물속으로 들어갔다.

서서히 내 몸은 차가워지기 시작했다.

나는 완전히 물속으로 들어갔다.

그러곤 조용히 두진 공자가 탄 배로 다가갔고, 그 뒤에 숨었다.

잠시 후, 그곳에 배 한 척이 다가왔다.

어두운 밤이었던 데다가, 사부님이 알려 주신 수공은 무흔보법을 기반으로 만들어진 것이기에 아무도 내 기척을 알아차리지 못했다.

"오셨습니까?"

"어찌 되었지?"

"홍선일 공자에게 우리의 입장을 충분히 설명했고 또

경고했습니다."

"똑똑하다면 알아듣겠지. 그리고 그 증거도 보냈으니."

"네, 그분의 뜻대로 될 것입니다. 그런데 이번에 홍선일 공자가 답안에 써야 할 이름이 무엇입니까?"

"송치다."

"제가 알기로 두 명이었습니다만?"

"고성일은 다른 자가 돕기로 했다."

몇 마디 말이 더 오간 후, 배는 다시 멀어지기 시작했다.

이제 슬슬 돌아가야겠군.

나는 다시 물속으로 들어갔고, 빠르게 다시 호숫가로 되돌아왔다.

"주군."

무사들이 내게 달려오자, 나는 손을 들어 그들을 저지했다.

그리고 천천히 태음빙해신공을 운용했다. 급격하게 떨어진 체온을 올리기 위해서다.

"후우……."

숨을 마저 뱉은 나는 그들에게 말했다.

"돌아갑시다."

사부님이 알려 주신 수공을 배워 놔서 다행이었다. 비록 몸은 고생했지만 알차게 써먹었으니까.

그리고 덕분에 중요한 정보도 알아냈다.

송치.
고성일.
내가 똑똑히 기억했다.
그러고 보니 송치라는 이름은 어디선가 들은 기억이…….
아…… 기억났다.
황후가 독살당했을 때 형부에 낭중으로 있던 자의 이름이 송치였는데?
내가 그걸 기억하는 건 그때 협조를 요청하기 위해 그가 직접 우리 상단에 왔었기 때문이다.
상당히 거드름을 피웠던 기억이 난다.
당시 그와 대화하던 중, 선일 형과 같은 때에 전시를 봤고 장원했음을 알게 되었다.
뭐야…… 그럼 자기 실력으로 장원 급제한 것도 아닌데 그렇게 콧대 높게 행동했던 거였어?
거기에 그가 형부 소속이었다는 것도 걸린다.
그 말인즉, 황후가 독살당했을 때 그 범인을 조작할 수 있는 위치였다는 것이다.
보통 장원을 하면 한림원부터 시작한다. 그런데 형부(刑部)라니…….
노리는 게 있었다는 거다.
어이가 없어서 말이 안 나오네.

내가 고모님 댁의 내 처소로 돌아오자 팔갑이 놀라서

물었다.

"아니, 도련님! 대체 어디서 뭘 하다 오셨기에 이렇게 홀딱 젖으신 겁니까요?"

"어, 물놀이 좀 했어. 더워서."

내 표정을 보더니 팔갑이 한숨을 내쉬었다.

역시 눈치가 빠르다.

"씻을 물 준비하겠습니다요."

목욕을 마치고 나오자, 팔갑이 말했다.

"저, 아까 황궁에서 사람이 왔다가 갔습니다요."

"황궁에서?"

"네. 내일 황궁으로 들라는 명입니다요."

"그래?"

나는 씩 웃었다.

무림맹을 골려 줌과 동시에 일을 깔끔하게 끝낼 수 있는 방법이 떠올랐다.

.

.

.

다음 날.

나는 황궁으로 향했다.

황궁 문 앞에서 내가 왔음을 알리자 안에서 내관들이 나를 마중 나왔다.

"은서호 국주 되십니까?"

고모님을 위하여 〈321〉

"네."

"저를 따라오십시오."

나는 내관을 따라 황제가 계신 곳으로 향했다. 저번 일이 있고부터는 상인이라고 농락하는 일 없이 곡개를 씌워 주었다.

시원하니 좋네.

그렇게 태화전에 도착했고, 황제를 알현했다.

소금 전매와 작풍기에 대한 일은 대신들이 보는 앞에서 아뢰지 않았다.

황제의 집무실로 바로 들어갔으니까.

"소상 은해상단의 은서호가 이 중원을 다스리는 자비로운 황제 폐하를 뵈옵니다. 만세, 만세, 만만세!"

나는 그 앞에 절을 하자, 곧 황제의 목소리가 들렸다.

"고개를 들라."

"성은이 망극하옵니다."

나는 고개를 들었다. 황제의 얼굴이 보였다.

이 년 전이나 지금이나 여전히 젊고 건강한 얼굴이다.

현 황제는 내가 죽을 당시에도 옥좌를 지키고 있었다.

"그래, 네가 준 보고서는 읽어 보았다. 우이상단주가 잘하고 있더구나."

"그러하옵니다."

나는 미리 준비해 간 보고서를 내밀었다.

"소상이 미흡하여 미처 적지 못한 내용이옵니다."

"가지고 오라."

황제의 말에 내관이 내게서 두루마리를 받아 갔다. 그리고 황제는 그것을 받아 펼쳐 보았다.

"음……."

황제는 그것을 다시 말아 서탁 위에 올려놓으며 말했다.

"알겠다. 따로 참고하겠다."

그 말에 나는 속으로 씩 웃었다.

황제가 말을 이었다.

"내 너를 부른 것은 몇 가지 물어볼 것이 있기 때문이다."

"하문하시옵소서."

그렇게 몇 가지 질문과 대답이 오간 후, 황제는 나에게 물었다.

"그런데, 그대는 휴가가 없는 것인가?"

"송구하옵게도, 그러하옵니다."

"허허, 그렇군. 그래도 이곳에 왔으니 휴가 온 기분을 느끼도록 하게나. 전에 인 태감이 말해 주길 해시(亥時:21~23시) 초(初)에 보는 석월호의 달빛이 제법 아름답다고 하더군."

"네, 그리하겠습니다."

"그럼 이만 물러가도록 하라."

"네, 폐하."

나는 황제의 집무실을 나왔다.

.

.

.

그날 밤.

나는 석월호로 향했다.

황제에게 추가로 준 보고서는 별 내용이 없었다. '독대하고 싶다'는 의미가 담겼을 뿐이다.

보고서를 읽어 본 황제는 나에게 '따로 참고하겠다'라고 했다.

알겠다는 거다.

그리고 나중에 덧붙인 말은 그곳에서 만나자는 의미이다.

바로 해시 초에 석월호에서.

석월호는 황궁에서 약간 떨어진 곳에 있는 호수다.

초승달이 뜰 때만 그곳에 달그림자가 비친다고 하여 석월호다.

그곳에 잠시 서 있자니 누군가 다가왔다.

얼굴을 보니 황제를 지근거리에서 모시는 인 태감이다.

"따라오시게."

나는 아무 말 없이 그를 따랐고, 호숫가에서 약간 떨어진 곳에 서 있는 남자를 보았다.

미복을 입었지만, 누군지 알 수 있었다.

"예를 갖출까요?"

"쓸데없이 주목받는 건 취미가 없구나."

"미복을 입고 잠행하실 줄은 몰랐습니다."

"네가 독대를 청한 것을 다른 이들이 알면 골치 아파질 것 같아서 말이지. 그래서 보고서에 살짝 적어 놓은 것 아니냐?"

역시 황제다.

눈치가 몹시도 빨랐다.

"네놈이 나에게 독대를 청한 이유가 무엇인지 궁금하구나."

과연 내 말을 들으면 황제는 뭐라고 반응할까?

"황제 폐하, 이번 전시의 시행 절차를 바꾸어 주시옵소서."

* * *

홍선일은 한숨을 내쉬었다.

'가야 하는데…….'

과거 시험의 마지막 절차인 전시가 있는 날이다.

그는 시험을 보러 가는 것이 대체 무슨 의미가 있나 싶었다.

어차피 전시를 보러 간다고 해도 그는 제 실력을 발휘

하지 못한다.

　오랫동안 친우로 지냈던 두진이 그에게 했던 말 때문이다.

　"이번 전시에서 네 답안지에 이름을 바꿔 적어라. 내가 모시는 분이 계시거든. 그분께서 황궁에 사람을 넣으셔야 해. 그것도 훌륭한 과거 성적으로."

　그리고 이어진 말.

　"그분을 도와준다면 너희 연준상단에 큰 도움을 주실 거다. 하지만 거절한다면 한순간에 연준상단을 망하게 하실 거다."

　그리고 곧이어 상단에 전달된, 거래처가 거래를 끊었다는 소식에 홍선일은 결심했다.
　아무리 양심이 중요하다고 해도, 상단과 가족만큼은 아니었으니까.
　그는 자리에서 일어났다.
　그들의 지시대로 대리 시험을 치기 위해서라도 자신은 전시를 보러 가야 했다.

　"잘 다녀오너라."

"너무 긴장하지 말거라."

"부담 가지지 말고."

"오라버니! 잘 다녀오세요!"

평소 과거를 보러 갈 때 가족들의 응원을 받으면 그렇게 든든할 수가 없었다.

하지만 오늘은 아니었다.

오늘은, 어깨가 무겁게 느껴졌다.

발걸음도 무거웠다.

"선일 형님."

"……?"

고개를 들어 보니, 앞에는 그의 외사촌 동생인 은서호가 서 있었다.

그리고 그 옆에는 자신이 아우로 삼은 곽형진과 석일송이 서 있었다.

원래 일찍 떠나려고 했는데 사정이 생겨서 좀 더 머물기로 했다.

"부디, 좋은 결과 얻으십시오, 형님."

"좋은 결과가 있을 겁니다, 형님."

곽형진과 석일송의 격려에 그는 말없이 고개를 끄덕이고는 그들의 머리를 슥슥 문질러 주었다.

그때 은서호가 말했다.

"선일 형님, 오늘 날씨가 참 좋죠?"

"그러네."

날씨는 정말 좋았다. 차라리 비라도 왔으면 싶은데 말이다.

"오늘 좋은 일이 있을 것 같네요."

"실없기는, 간다."

그는 애써 표정을 관리하며 황궁으로 향했다.

황궁에 도착한 그는 이런저런 절차를 밟고 시험장 안으로 들어갔다.

그리고 정해진 자리에 앉았다.

잠시 후 황제가 시험장에 나타나자, 그는 얼른 일어나 예를 갖추었다.

황제는 옥좌에 앉아 뜻밖의 말을 내뱉었다.

"이번 전시는 다른 방식으로 진행하려고 한다."

황제의 말에 시험장이 술렁였다.

"조용!"

"……."

"그동안은 종이에 자신의 의견을 써서 제출하는 것으로 시험을 진행해 왔다. 하지만 이 조정의 일이라는 것은 글로만 이루어지는 것이 아니다. 또한 각 부에서 원하는 인재를 직접 고르는 것 역시 필요하다고 본다. 하여 나와 대신들 앞에서 직접 구술하고 논하는 것으로 하겠다."

"……."

"또한, 그 의견의 일관성 역시 중요한 것이니만큼 그동안 작성해 온 시험의 답안지 역시 참고하여 이에 대해서도 다시 물을 것이다."

황제의 말에 시험을 보러 온 이들의 얼굴은 하얗게 질렸다.

황제와 관리들 앞에서 답안을 작성하는 것도 떨리는데, 그 앞에서 직접 구술하고 논하라니!

시험을 보기 위해 온 백여 명의 이들 중 다른 이유로 얼굴이 새파랗게 질린 이들이 있었다.

바로 송치와 고성일이다.

'젠장!'

'×됐다.'

사실 그들도 과거를 공부하긴 했다. 하지만 과거에 급제할 정도의 실력은 되지 않았다.

그동안 그들이 과거에 급제를 해 온 이유는 다른 자가 대신해서 시험을 봤기 때문이다.

시험장에는 그들도 들어갔다.

하지만 그들을 대신하여 시험을 본 자가 그들의 이름을 적은 것.

그런 그들이었기에 황제의 말은 청천벽력과도 같았다.

솔직히 그들은 지금까지 자신의 이름으로 제출된 시험지에 무슨 내용이 쓰여 있는지도 몰랐다.

"시험을 시작하지."

"네."

"주제를 제시하여라."

그 말에 예부의 관리들이 주제가 쓰인 커다란 비단을 펼쳤다.

"순서는 무작위로 하겠다. 정 내관."

"네, 폐하."

정 내관이라 불린 자가 상자 하나를 들고 왔다. 황제는 상자 안에 손을 넣어 작은 나무판을 집어 들었다.

"귀주 출신의 우민은 앞으로 나오라."

황제의 명에 한 남자가 덜덜 떨며 앞으로 나와 예를 올렸다.

이에 황제가 손을 저었다.

"일어나라. 시험을 위해 내 앞에 나오는 이들은 한 번 절하고 일어나는 것으로 예를 대신하도록 하라. 이는 시간을 단축하기 위한 것이다."

"네."

"그럼 지금부터 무작위로 대전 안으로 들여보내라."

"그리하겠습니다."

황제는 대전 안으로 들어갔고, 이름이 불린 우민은 그 뒤를 따랐다.

시험은 생각보다 매끄럽게 진행되었다.

황제 앞이기에 떨림을 주체하지 못한다고 해도 기본적으로 어마어마한 경쟁률을 뚫고 거인들의 진검승부를 통해 회시에 합격한 이들이었으니까.

앞에서 내관이 외쳤다.

"산동성 출신의 송치! 산동성 출신의 송치는 안으로 들라."

"……!"

송치의 얼굴은 사색이 되었다.

그의 차례가 된 거다.

피할 길은 없었다.

할 수 없이 도살장으로 끌려가는 소의 심정으로 송치는 대전으로 나아갔다.

"그대가 송치인가?"

"네, 폐하."

"그러면 이번 주제에 대하여 논하여 보게."

"네, 폐하."

그는 덜덜 떨리는 목소리로 주제에 대해 논하기 시작했다.

하지만 황제와 대신들은 영 탐탁지 않다는 표정이었다.

"하여 제……."

"그만. 이번 향시에서 자네가 쓴……."

그때 황제의 표정이 굳어졌다. 그리고 고개를 들어 송치를 보았다.

황제는 재빨리 손에 들린 시험지를 뒤적거리더니, 이내 한숨을 내쉬었다.

"자네, 과거 시험이 장난인가?"
"네?"
그 말에 옆에 있던 내각수보가 물었다.
"왜 그러시옵니까, 폐하?"
"이게 그동안 저자가 쓴 답안이라는데, 보시오."
그 말에 내각수보가 시험지를 받아 읽어 보기 시작했다. 모두 훌륭한 답안지였다.
'대체 뭐가 문제라고 하시는 건지 찾아내야 한다. 찾아내지 못하면 이 자리가 날아간다.'
전전긍긍하던 그는 뭔가 이상함을 느꼈다.
'어라?'
내각수보 자리를 술내기로 딴 건 아닌지라, 곧 이상함을 알아차렸다.
"글씨체가 다르옵니다."
그 말에 대신들은 경악한 표정으로 송치를 바라보았다.
한 사람이 쓴 답안지가 어찌 글씨체가 다를 수 있단 말인가?
"이런 무엄한 놈을 봤나! 감히 부정행위로 내 눈을 가리려 들어?"
그 말에 대신들이 앞다투어 말했다.
"어쩐지 이상하다고 생각되었습니다."
"폐하를 능멸한 놈입니다. 대역죄로 다스리심이 마땅합니다."

"대역죄로 다스리시어 기강을 바로잡으소서."

그들의 말에 송치는 얼른 바닥에 엎드려 빌었다.

"사, 살려 주십시오! 폐하!"

"당장 저자를 하옥하라!"

"네!"

그렇게 송치는 금군들에 의해 끌려나갔다. 황제는 옆에 쌓인 답안지를 가리키며 말했다.

"내관은 이 답안지를 살펴서, 글씨체가 다른 것을 찾아내도록 해라."

"네!"

곧 내관들은 답안지를 뒤졌고 필체가 다른 답안지를 찾아냈다.

"여기 수상한 답안이 또 있습니다."

"누구의 것인가?"

"강소성의 고성일이라는 자의 것입니다."

"그자도 하옥하라."

"네!"

한바탕 난리가 벌어진 후, 전시 응시자들은 살얼음판을 걷는 기분으로 시험을 진행했다.

"다음은 북경의 홍선일."

"네!"

홍선일은 떨리는 마음으로 태화전 안으로 들어갔다.

자신이 답안에 적기로 했던 이름은 송치.

그리고 그 송치는 금군들에 의해 끌려가 하옥되었다. 또한, 고성일이라는 자 역시 하옥되었다.

이 상황에서 자신이 어찌해야 할지 알 수 없었다.

그는 예를 보인 후 자리에서 일어났다.

"그럼 이번 주제에 대해……."

"잠깐."

"……?"

"이번 향시에 자네가 낸 답안을 보니 흥미로워서 말인데, 이에 대해……."

황제는 주제에 관해 논하는 것을 듣기 전, 향시에서 홍선일이 제출한 답안에 대해서 물었다.

그 물음에 홍선일은 떨면서도 조리 있게 대답했다.

"그것은……."

그 대답은 무척이나 명료했다.

그럴 수밖에 없었다.

그가 직접 쓴 답안이었으니까.

"그럼 이 답안에서 자네는……."

황제와 홍선일의 문답이 이어질수록 대신들이 홍선일을 바라보는 눈에는 점점 욕심이 차올랐다.

'이대로라면 틀림없는 장원이다.'

'확실한 인재다! 인재야!'

'우리 부서에서 필요한 인재다.'

'안 그래도 육부에서 인재들을 빼 가는데, 한림원의 인재를 뺏길 순 없지.'

한편, 황제는 발칙하게도 자신에게 독대를 청해 미복으로 잠행하게 한 자를 떠올렸다.

은서호.

처음 그는, 자신에게 은혜를 베풀어 황제가 될 수 있게 한 진우림 상단주의 목숨을 구한 자였다.

하지만 만나 볼수록 그 진면목이 느껴졌다.

자신 앞의 홍선일도 인재였지만, 황제가 보기에 진정한 인재는 은서호였다.

'덕분에 부정행위로 관리가 되려고 한 자를 잡아낼 수 있었으니.'

그는 은서호가 했던 말을 떠올렸다.

"이번 전시 응시자들이 그동안 제출해 왔던 답안을 살펴보시면 인재를 등용하는 데 도움이 되실 겁니다."

이 정도면 알고 그런 말을 했다고 생각할 수밖에 없었다.

'언제고 한번 불러서 털어 봐야 하는데 말이지.'

* * *

선일 형이 집에 돌아왔다.

조부님과 고모님, 그리고 가족들은 선일 형에게 수고했다면서 격려해 주었다.

선일 형은 나를 보며 환하게 웃었다.

"네 말대로."

"......?"

"네 말대로 오늘 좋은 일이 있더구나. 날씨가 좋아서 그런가."

선일 형의 얼굴을 보니, 내 계획대로 일이 잘 풀린 듯했다.

"다행입니다."

그리고 이틀 후.

황궁에서 사람이 나와 황제의 성지를 읽었다.

장원을 축하하는 성지였다.

잘되었네.

앞으로 황궁에서 일을 하면서 선일 형에게 어떤 일이 닥칠지는 모른다.

하지만 이번 일을 기억한다면, 내가 겪었던 삶에서처럼 의욕도 없는 냉소적인 그런 성격은 되지 않겠지.

사실 이번 일의 가장 큰 소득은 무림맹의 계획을 좌초시켰다는 것이다.

물론 황궁에 사람을 넣으려는 계획을 포기하지 않고 계속해서 시도할 거다.

하지만 이번 일로 황제는 매사 경계를 강화하게 되었다.
그러니 쉽지는 않을 거다.

* * *

무복을 입고 검을 찬 한 사내가 바삐 발걸음을 옮기고 있었다.
곧 화려하면서도 요란하지 않은 전각에 당도한 그는 앞의 호위에게 말했다.
"맹주님께 드릴 말씀이 있다."
호위가 안에 아뢰자, 곧 대답이 들려왔다.
"들라 해라."
"네."
그는 문을 열고 안으로 들어갔다.
그러고는 곧바로 부복했다.
"맹주님을 뵙습니다. 북경에서 들어온 보고입니다."
그 말에 화병의 꽃을 손질하던 맹주가 고개를 끄덕였다.
"그래, 북경에서 일이 진행되고 있었지."
황궁에 무림맹의 사람을 심는 일이다.
향후 무림맹의 일에 황궁이 간섭하는 것을 막기 위한 것이기에, 맹주 역시 관심 있게 지켜보던 일이다.
"어찌 되었나?"

"실패했습니다."
"······뭐? 실패?"
"네."
순간 맹주의 기세가 집무실을 휩쓸었고, 수하는 식은땀을 흘렸다.
"자세히 설명해 봐라."
"네, 네!"
수하는 상황을 자세하게 설명했다.
"그래서, 현재 가담한 자들에 대해서 조사 중인데 송치와 고성일이라고 저희가 황궁에 넣으려고 했던 자들은 사형을 피할 수 없을 듯합니다. 그리고 저희가 만들어 놓은 몇몇 곳은 포기해야 할 듯합니다."
"그런가?"
맹주는 화병에 꽂힌 꽃송이를 바라보다가 손에 들린 비수를 휘둘렀다.
꽃송이가 베이며 바닥에 우수수 떨어졌다.
"할 수 없지. 꼬리가 드러나기 전에 이쪽에서 제거하도록."
"알겠습니다."
수하가 나가고, 맹주는 화병을 노려보았다.
이번 일은 황제가 진행 방식을 바꾸지만 않았다면 예정대로 진행되었을 일이다.
'그런데 갑자기 진행 방식을 바꾸었다니?'

이번 일에 대해 좀 알아봐야 할 듯했다.

* * *

이제 볼일이 다 끝났기에 우리는 본단으로 돌아가기로 했다.

"좀 더 머물다 가지 그러니?"

고모님의 말에 나는 고개를 저었다.

"저도 그러고 싶은데, 제가 맡은 일이 많습니다."

"하긴, 현풍국의 국주로서 활약하고 있으니."

나는 고개를 돌려 아쉬움 가득한 작별의 인사를 나누고 있는 이들을 보았다.

선일 형과 곽형진, 그리고 석일송이다.

"더욱 학문에 정진하도록 하거라. 내 장담컨대 너희들의 실력이라면 능히 장원을 할 수 있을 거다."

"형님의 말씀 마음에 새기겠습니다."

"소제, 명심하겠습니다."

이번에 저 두 녀석을 데리고 오기 잘한 듯하다.

"이제 슬슬 출발하자."

"네!"

조부님과 두 녀석이 마차에 탔다. 나 역시 마차에 오르려고 할 때 선일 형이 나를 불렀다.

"서호야."

"네, 형님."

"이번에 우리 상단을 도와줘서 고맙다."

연준상단은 거래를 하던 곳이 갑자기 거래를 끊어 버리는 난관을 겪었다.

하여 다른 거래처를 연결해 주었다.

진우림 상단주도 있고 북경에 만들어 놓은 인맥을 좀 활용했을 뿐이다.

선일 형이 내게 주머니 하나를 건넸다.

뭔가 묵직했다.

"……?"

"가다가 맛있는 거 사 먹거라."

"아! 감사합니다."

내가 용돈은 마다하지 않지.

"두 녀석도 잘 부탁한다."

"네."

아무래도 이거 두 녀석 맛있는 거 사 먹이라는 것 같은데?

"다음에는 황궁에서 뵐 수 있었으면 좋겠습니다."

"그래, 알았다."

나는 마차에 탔다. 그리고 은해상단 본단으로 향했다.

이제 진짜 돌아가야지.

.

.

.

호북성으로 돌아가는 길.

나는 서류를 들여다보고 있었다.

일이 밀려 있었기에 가면서도 일을 처리해야 했다.

조만간 공밀이 만든 자동수레를 출시할 예정이다.

지난 삶에서 스스로 움직이는 작은 수레 장난감은 사내아이들뿐만 아니라 어른들 사이에서도 제법 인기를 끌었다.

자동수레에도 자무인형과 같은 방식을 적용할 생각이다. 다른 모양의 자동수레를 모으도록 말이다.

자동수레 역시 단발성으로 끝내기에는 너무 아까운 상품이었으니까.

그렇게 마차는 호북성으로 향했다.

.

.

.

드디어 은해상단에 도착했다.

집에 온 거다.

조부님과 함께 움직이는 것이라, 미리 전령을 보내어 도착 시간을 알렸다.

우리가 상단에 들어와 차장에 도착하여 마차에서 내렸을 때, 아버지와 어머니, 그리고 정호 형 내외가 우리를 맞아 주었다.

"여정은 편안하셨는지요."

"잘 다녀왔다. 아, 이것 먼저 말해 줘야겠구나. 선일이가 이번에 장원급제를 했다."

"이거 경사군요."

그런데 나는 가족들의 표정이 어딘가 어둡다는 것을 알아차렸다.

"정호 형, 무슨 일 있어?"

"어?"

"뭔가 분위기가 이상한데? 이거 분명 무슨 일 있는 거 같은데?"

내 물음에 정호 형은 한숨을 내쉬었다.

"그게 말이지…… 진호가 아직 돌아오지 않고 있다."

"진호 형이 아직 돌아오지 않고 있다니 그게 무슨 소리야?"

내가 섬서성에서 돌아왔을 때 진호 형은 은해상단에 없었다.

운남으로 보이차를 가지러 갔기 때문이다.

시간상으로 보면 이미 돌아와 있어야 했다.

"그래서 대체 무슨 일인지 알아보려고 사람을 보냈는데, 조금 전 소식을 가지고 왔다."

정호 형의 말에 조부님이 재촉했다.

"그래서 어찌 되었다는 거냐?"

아버지가 한숨을 내쉬며 말씀하셨다.

"아무래도, 진호가 실종된 것 같습니다."

고모님 댁의 일을 해결하고 왔더니, 이번에는 우리 집에 일이 터져 있었다.

(은해상단 막내아들 5권에서 계속)

환상이 숨쉬는 공간 파피루스 blog.naver.com/gnpdl7

poo 판타지 장편소설

회귀한 대마법사의 용사생활

마왕을 강림시키려는 악의 조직, 네크로를 거의 궤멸시킨 용사 파티. 하지만 용사의 우유부단함으로 마왕이 강림하고 만다

그리고 그때 주어진 시간 회귀의 기적

"답답해서 내가 뛴다!"

소년일 때로 돌아온 네자르 그는 용사가 되기로 결심한다

"다시는 후회하지 않겠어."

압도적인 마법 재능, 유쾌한 언변술, 화려한 계략까지 마왕의 강림을 막고 세계를 구원하는 용사의 행보가 시작된다!